ベリーズ文庫

冷酷社長な旦那様が「君のためなら死ねる」と言い出しました～ヤンデレ御曹司の激重愛～

葉月りゅう

STARTS
スターツ出版株式会社

目次

冷酷社長な旦那様が「君のためなら死ねる」と言い出しました
~ヤンデレ御曹司の激重愛~

つがいになりたい…… 6
愛妻家、あるいはストーカー…… 40
ずっと、ずっと一緒にいよう…… 74
彼女のためなら死ねる…… 102
君の世話は全部してあげる…… 120
初めては全部俺がもらう…… 150
君のすべてに俺の心は奪われる…… 196

幸せにするためならなんだってできる……227
重いくらいがちょうどいい……248
特別書き下ろし番外編
愛が重いのはどちらか……288
あとがき……296

冷酷社長な旦那様が
「君のためなら死ねる」と言い出しました
～ヤンデレ御曹司の激重愛～

つがいになりたい

人には誰しも秘密がある。

品行方正な優等生でも、順風満帆そうに見える人でも、会社や人間関係への不満、許されない恋、隠したい趣味なんかがあるかもしれない。

普段はにこりともしない、私の夫も例外ではない。

「秋華《しゅうか》、狼のつがいについて知っているか？」

ベッドに組み敷いた私を、彼はどこか陰のある瞳で見下ろす。私の髪の一本一本を愛でるように、ゆっくりと指に絡めながら。

「つがい……？」

「狼は決めた相手とつがいになると、一生そのパートナーを変えることなく共に生きていく。一方が病気や怪我で亡くなると、残った一方はひとりで過ごすことがほとんどで、後を追って死んでしまうこともあるらしい」

狼ってそんなに愛情深い動物なんだ。なんて冷静に思ったのは一瞬で、半開きの扇情的な唇が近づき、はらりと落ちた前髪すらセクシーで息を呑《の》む。

「俺も、君とそういう夫婦になりたいんだ。お互いが欠けたら生きていけないというほど、強い想いで結ばれた夫婦に」

ぞくりとするほどの独占欲を見せつけ、悦に入ったように微笑む彼。最後に「死ぬまでずっと愛してる」と囁《ささや》いて、私の唇を塞いだ。

私の理性も、不安も溶かすような甘く濃密なキスを受け入れ、依存関係になりたいと望む夫に今夜も骨抜きにされる。

色恋にまったく無関心そうな彼が、まさかこんな本性を隠していたなんて——。

＊　＊

街中がきらきら輝く十二月二十四日のお昼時、私が調理員として働く社員食堂のメニューもクリスマスの特別仕様となっていた。

国内最大手の医療機器メーカー『シェーレ』は、従業員数が五千名を超える大企業。横浜《よこはま》市内にある本社ビルの十階にこの食堂があり、ここで働く社員の多くが毎日利用している。

健康的で見た目も鮮やかな十数種類の副菜をビュッフェ形式で提供し、和洋中のメイン料理、麺類、丼ものなどそれぞれのブースがあって好きなものを組み合わせられる。ショッピングモールのフードコーナーさながらだが、内装はホテルのレストランのようにおしゃれで落ち着いた雰囲気だ。

私が担当しているのは、メインの和食のブース。お昼の十二時頃になったら調理場のほうからカウンターへ移り、続々とやってくる社員の皆さんの希望を聞いてそれを渡す。

今日はクリスマスだからか洋食を食べる人が多く、こちらも一応特別メニューにはしているものの、あまり混雑していない。

茶色のベレー帽を被り、同じ色のエプロンをつけたスタイルでカウンターに立つ。気さくな社員の方々とたわいない言葉を交わしつつオーダー品を渡していると、ふと異彩を放つひとりの男性がやってきたのに気づいた。

百八十センチの高身長。さらりと流れる黒髪、ぞくりとするクールな魅力がある切れ長の二重、綺麗《きれい》と表現するのが相応しい顔立ち。そこにいるだけで皆を圧倒する存在感を放つ彼こそが、この大企業シェーレのトップ、八影桐人《やかげきりひと》だ。

三十二歳にして社長に上り詰めた彼は、創始者の血を引いた御曹司である。しかし、ただ一族だから今の地位にいるわけではない。医療の知識もあり、自ら新しい製品の研究開発に関わったり承認申請を行ったりもする、超優秀な人なのだ。

思わず目を奪われ、副菜をトレーに乗せてこちらにやってくる彼を密かに見つめる。

すると、四十代くらいの男性社員がどこか緊張した面持ちで彼に近づいていった。

「すみません八影社長、この後少しだけお時間をいただけませんか？　新モデルの注射針の件でお話が……」

「製造業者に拒否されましたか。『これ以上細い針は作れない』と」

社長がまるで予想していたかのごとく言い、男性社員は若干面食らった様子で「そ、その通りです」と軽く頭を下げた。

「世界一細い針を作ることになります。並大抵の技術では厳しいですから、やはりどこも難色を示していて」

「どこも？　どれくらいの業者に協力を依頼したんですか？　まさか百社程度で諦めようとしているわけではありませんよね」

社長の冷たく光るナイフのような瞳を向けられた社員は、図星を指されたのかびくっと肩を跳ねさせた。

周りにいる社員も、関わらないようにしよう……とでも言いたげに、身をすくめて通り過ぎていく。ふたりの周辺だけ温度が下がったみたい。

シェーレが開発した極細の注射針は〝痛くない注射〟として国内ではトップシェアを誇り、海外にも高い評価を得ていると有名だ。それよりさらに細いものを作るとなれば当然難しい。百社にかけ合ったのもすごいと思うけれど、社長はそれくらい断られるのは想定済みなのだろう。

彼はまったく表情を変えず、こちらに徐々に近づきながら淡々と話す。

「業者は国内にいくつもあります。たった数人で営む町工場でも、世界最高レベルの技術を持っていたりする。そういう職人の方々を探して説得し、頭を下げるのがあなたの仕事でしょう。それでも無理だと言われ、本当にどうしようもなくなった際には話をお聞きします。出直してください」

「は、はい……！　失礼しました！」

ぴしゃりと言い切られた男性社員は、背筋を伸ばして一礼し、別のブースへぴゅーっと去っていった。私の前にやってきた若い女性社員のふたりが、料理を頼んだ後、肩を寄せ合ってこそこそと話す。

「相変わらず冷徹な社長だわ。口調は丁寧だし怒ったりもしないけど、容赦なく突き放すっていうか」

「静かな威圧感がすごいよね。笑ったところなんて見たことないし。頭と顔がよすぎて、異世界から来た人って感じ」

私は特別メニューのわさび醤油ステーキをふたりのトレーに乗せながら、マスクの下で苦笑する。

異世界人か。確かに、頭の中どうなってるんだろうと思うほど頭脳明晰《めいせき》だし、あの美貌は国宝級だ。庶民とは別格のオーラを纏っているので、皆が一歩引いてしまうのは間違いない。

「でも、仕事に対しては誰よりも情熱的じゃない？　八影社長じゃなかったら、シェーレは成長しないかも」

トレーを持って席へ向かっていくふたりが残した言葉に、私は深く共感した。

日本の医療技術を向上させるため、誰かの健康を守るために妥協しない社長の熱意には本当に尊敬している。あそこまでストイックにできる人はきっと多くないだろう。

ただ、彼女たちの会話にひとつだけ共感できないことがあるけれど……。

しばらくして私の前にやってきた社長を見上げ、マスクでほとんど表情は見えていないけれど笑顔で挨拶しようとした、その時。

「お疲れ様ですっ！」

社長の隣に、ぴったりくっつくくらいの勢いで女性社員がやってきた。社長の次には、やや距離を空けて気弱そうな男性社員が続いていたが、彼女が「ちょっとごめんなさい」と声をかけてしれっと割り込んできたのを、私は知っている。

美人だけれど気の強そうな顔立ちの彼女は、開発部の白鳥絢《しらとりあや》だ。身長百五十六センチの私より頭ひとつ分ほど背が大きく、スタイル抜群の彼女は、セミロングのウェットヘアもよく似合っていてモデルのよう。

彼女はテキパキと仕事をこなすデキる女で一目置かれているらしい。それは尊敬するのだが、我が強い性格は昔から私は苦手だった。実は高校の同級生でもあるのだが、この会社に入って再会した時、正直テンションが下がってしまったのは内緒である。

そんな彼女は、皆が一歩引く八影社長に対しても臆することなく接する人。今も、にこにこしながら気さくに話しかけている。

「八影社長はクリスマスイブも通常運転ですね。全然甘くない」

「当然です。クリスマスなどなにも関係ありません」

彼が目も合わさず冷ややかに返すのは、絢もわかっていたらしくふふっと笑った。

楽しそうな彼女を見ていると少々胸がざわつくので、私は自分の仕事に勤しむ。一応クラスメイトだった人がいれば挨拶くらいするものだと思うけれど、彼女の中に私の存在はないようだし。

くるりと後ろを向き、他のスタッフが用意してくれていた包み焼きが乗ったお皿を手に取る。真鯛とカラフルなパプリカを包んだシートを少し開け、レモンを添えたそれを「お待たせしました」とひと声かけて社長のトレーに置いた。

「よくわかりましたね。私が真鯛の包み焼きを頼もうとしていること」

「えっ」

突然そう言われ、キョトンとして見上げると若干驚いた様子の綺麗な顔がある。その瞬間、頼まれたわけではないのに私が勝手にメインを選んでしまっていたことに気づき、はっと口を開けた。

いっけない、彼が今日なにを頼むかはなんとなくわかっていたから、つい……！

「あ、えっと……前世がエスパーだったのかも？　あはは」

開き直ってあからさまな冗談を言うと、彼は少し顔を背けて口元に片手を当てた。今、噴き出しそうになったよね？と私のほうが笑ってしまう。

しかし、彼の隣からじとっとした視線を感じてぎくりとした。

こんなたわいないやり取りも、絢は気に食わないらしい。〝あんたの存在は消していたのに〟とでも言いたげな彼女は、次の瞬間コロッと笑顔に変わる。

「私も同じもので」

「は、はい」

目が笑っていない彼女の注文を、私はマスクの下で口の端を引きつらせて承った。

すぐにもうひとつ包み焼きを用意し始める私の耳に、少し恥じらうような絢の声が聞こえてくる。

「あの、社長……今夜はなにかご予定がありますか？」

大胆なお誘いに思わず反応して振り向くと、すでに席へ向かおうとした社長が動きを止める。

「ええ。大事な食事会が」

迷わず答えた彼が、一瞬意味深な視線を私に向けてきた。氷のような瞳がその瞬間だけ溶けるのがわかり、ドキッと胸が鳴る。

絢は断られるのは承知の上だったのだろう。特にショックを受けた様子もなく、用意していたであろう代替案を提案する。

「じゃあ、お昼ご一緒してもよろしいですか？　新製品のことでご相談が」

「手短にお願いします」

彼は淡々と言い、テーブルに向かっていく。周囲にいる社員たちが、颯爽《さっそう》と歩く彼に自然と道を開けて会釈しているのを尻目に、絢の分の包み焼きを完成させた。

「はい、お待たせ」

「あーあ、やっぱりクリスマスイブは無理か」

ため息混じりにぼやく絢は、やっと私と話す気になったようなので、一応けん制してみる。

「社長を狙うのはやめておいたほうがいいんじゃない？」

「高難度なのは百も承知よ。でも食事会ってことは、たぶん仕事でしょ？　まだチャンスはあるわね」

とっても前向きでバイタリティのある彼女は、ふふんと口角を上げてトレーを手にする。意気揚々と社長がいるテーブルへ向かっていく彼女に私もため息をつきつつ、次の人のオーダーを取り始めた。

絢はデキる女というだけでなく、〝あの八影社長を射止められるのでは⁉〟と噂《うわさ》されている。そして彼女自身もそう強く願っているのだから、言えるわけがない。今夜の食事会の相手が私だなんて。

――それどころか、社員の皆さんはまだ知らない。超絶やり手な冷徹社長と、しがない調理員の私が、実は新婚夫婦だということを。

旧姓・稲森《いなもり》秋華は、約二カ月前に八影秋華になった。

現在二十六歳の私は、専門学校を卒業して今の委託給食会社『パーフェクト・マネジメント』に入ったのだが、当時は別の食堂で働いていた。今年の三月に辞令が出てシェーレに異動になり、桐人さんと出会ったのだ。

彼は職場内でも当然ながら有名なので、私もすぐに顔と名前を覚えた。最初はもちろん近寄りがたく、若くてめちゃくちゃ美形な社長だ……と美術品を眺めるような気持ちで見ているだけだったのに。

シェーレで働き始めて間もない頃、私が体調を崩したのがきっかけで急展開することになる。

私は二十歳の頃、全身の血管に炎症を起こす原因不明の病気を発症した。それがタイミング悪く、就職が決まった後に発症してしまい入院を余儀なくされたため、社会人一年目はまともに働くことができなかった。

しかし、パーフェクト・マネジメントの若き社長がとても理解のある方で、就職を取り消すことなく治療を終えるまで待っていてくれたおかげで今がある。彼には本当に感謝してもしきれない。

血管の病気は難病に指定されているものが多く、長い投薬治療が必要になるものの、炎症はいずれ治まることが多いし重症例も減っているらしい。私の場合は手術もしたけれど、今は免疫抑制剤という薬を飲んでいればほとんど症状が出ない状態にまでなっている。

免疫抑制剤は一生涯飲み続けなければいけないものだが、併用するステロイド薬は徐々に減量していき、人によっては完全にやめることもできる。

シェーレで働き始めた当時は、このステロイド薬を一段階減らして様子を見ていたため、ある日仕事中に血圧が下がる副作用が出てしまったのだ。

その日は人員が足りておらず、精神的にも追われながらずっと動きっぱなしだったのもいけなかったのだろう。病気には疲れやストレスも強く影響するのに、調子のいい日が続いていたからと無理をしてしまったのだ。

なんとか一日の業務は終えたものの、早く帰ろうと社内の廊下を歩いていた時、頭痛とめまいが酷くなって身体がふらついた。

やばい、立っていられない……！と焦った瞬間、たまたま通りかかったであろう桐人さんが私の腰を抱いて支えてくれたのだ。

私のうつろな目に心配そうな彼の顔が映り、副作用なのかただの緊張なのか、動悸《どうき》が激しくなる。

『大丈夫ですか？　医務室へ行きましょう』

『す、すみません、大丈夫です……！　もう帰りますので』

『こんなにフラフラな状態で帰ると？　周囲の人間に迷惑をかけるだけですよ』

冷ややかにもっともなことを言われ、ぐうの音も出ない。でも、やや厳しめの表情とは裏腹に、私の頬に添えられた手はとても優しく、この人は皆に恐れられているような冷血人間ではないのでは、と感じた。

そして『あまり抵抗するなら、私が抱いて運びます』などと言うものだから、おとなしく医務室へ連れていってもらうことにしたのだ。

そこへ向かう間も、彼はずっと身体を支えて気遣ってくれて、ベッドで休んでいる時にも少しだけ話をした。

難病を患っていることやつらかった闘病生活、それを乗り切った今、多少の無理をしてでもやれるだけのことを精一杯やりたかったこと。

医療に詳しい社長だからと甘えてしまい、反省しながらも心の内を正直に明かした。するとa静かに耳を傾けていた彼は、わずかに表情を緩めて声をかけてくれたのだ。

『あなたは強い人だ。ここまでよく頑張りましたね』と。

この人はきっとお世辞は言わないだろう。そう思っていたから、彼の言葉はとても温かく、じんわりと胸に染み渡った。あまり知られていない病気で周囲からの理解を得るのが難しかった過去があるので、闘病の苦労も労ってもらえたようで少し泣きそうになった。

そして、私の話で厨房《ちゅうぼう》の人が足りていないと知った桐人さんは、なんと翌日私の上司にこんなことを告げたらしい。

『人が足りないなら品数を減らしてもらって結構です。あなた方に無理をさせてまで、我々が贅沢《ぜいたく》をしたいとは思いませんので』

口調は少々きつかったものの、上司はその言葉ではっとさせられたと言っていた。委託側に無理な要求をしてくる利用者も時々いる。しかし桐人さんは違い、厨房の事情を考慮してできる範囲でいいのだと伝えてくれたおかげで、私たちはとても救われた。

この一連の出来事があってから、私は桐人さんを誰とも違う存在だと感じ、無意識に目で追うようになっていたのだ。

それ以来、私が受け渡しを担当するコーナーに、桐人さんはたびたびやってくるようになった。毎日のようにカレーを頼む時期もあり、さすがに触れずにはいられなくなって、ある日私から話しかけてみた。

『カレー、お好きなんですね』

『いえ、別に』

『えっ。でも……』

『あなたの体調が気になるので、様子を見に来ているだけです』

予想に反してそっけない返答が来てキョトンとする私に、彼はさらりとそう言った。

そういう理由だったとはつゆほども思わず、どぎまぎして『そ、そうだったんですか⁉ すみません！』となぜか謝ってしまった。シェーレの社員でもないただの調理員のことを気にかけてくれるなんて、本当によくできた人だと今でも思っている。

そんな日々が三カ月ほど続いた頃、やっとステロイド薬の服用をやめることに成功した。その間、桐人さんはずっと私が担当するコーナーへ来てくれていたので、私はこう伝えた。

『私、ようやくステロイドをゼロにすることができました。なので、もう心配はいりません』

彼の顔を見られなくなるのは残念だけど……と、物寂しさを感じながらも笑顔を向けた。会えない切なさを感じていたこの時には、私はもう恋に落ちていたのだろう。

ところが、桐人さんの口から放たれたのは意外な言葉。

『それはなによりです。が……私がずっと様子を見に来ているだけだと、本気で思っていたのですか？』

『えっ？』

どういう意味なのかわからず首をかしげると、私の目を見つめた彼が一瞬、ふっといたずらっぽく口角を上げる。

『あなたの気を引きたかったんですよ』

まさかのひと言を告げられ、初めて彼の笑みを見た瞬間、私は完全に陥落してしまったのだ。ドキドキと胸が高揚して、彼の姿がいつも以上にきらめいて見えた。

あの時、ピークが去って周りに人がいない状況でよかった。彼の貴重な微笑みは、私だけのものにしておきたいから。

地位も能力も容姿も、自分とは天と地ほど違う完璧な人が、まさか私の気を引きたかったなんて。

到底信じられなかったけれど、それから仕事が終わると彼が待っていて食事をご馳走してもらったり、他の人には絶対に見せない微笑みを向けてくれたりして、自分は特別なのだと感じるようになった。

そして、恋人未満の関係が二カ月ほど続いた頃。いつも与えてもらってばかりなので、ほんの気持ちだけでもお返しをしたいと思った私は、彼の車に乗せてもらった際になにか欲しいものはあるか尋ねてみた。

本当に、なにげなく聞いてみただけだったのに――。

『君以外に、欲しいものなんてない』

まさかの返答に、心臓が止まりそうなほどの衝撃を受けた。

一直線に向けられる瞳に私だけが映っていて、みるみる頬が熱くなり胸が早鐘を打つ。しかし私は自分に自信がなくて、彼から目を逸らして俯《うつむ》いた。

『どうして……？　いつから、こんな平凡な私なんかを……』

『ずっと前からだよ』

当然のごとく言われ、『いやいや、そんな』とさらに縮こまる私。桐人さんは落ち着いた笑みを浮かべて続ける。

『君の体調が気がかりで様子を見ていたのは本当。でもそのうち、難病というリスクを抱えながらもそれを感じさせない笑顔と明るさで人と接していたり、一日一日を精一杯働く姿を見て、女性として素敵だと感じている自分に気づいたんだ』

誠実な言葉の数々に、温かく包み込まれるような感覚を覚えた。

こんなの奇跡だ……信じられない。すごく、すごく嬉《うれ》しい。でも、どうしよう。本当に私でいいの？

いろいろな感情が湧き起こって胸がいっぱいになる私に、桐人さんは〝こちらを見て〟と言わんばかりに頬に手を当てた。目を見つめ、言い聞かせるように告げる。

『自分の中に眠っていた愛情が、秋華と出会って呼び覚まされた気がした。君が俺を変えたんだよ。俺にとって君は平凡じゃなく、なにより特別で、なんとしてでも手に入れたい存在だ。……好きなんだ、誰よりも』

そんなふうに熱く告白されて、拒めるわけがない。感極まって涙目になりつつ、『私も、好きです』と返していた。

……あの衝撃の告白から今日まで、あっという間だったたな。今もまだ夢を見ているみたい。

街中が浮き立っているように感じるクリスマスイブの午後七時、ホテルの高級レストランで桐人さんとディナーを堪能する私の脳内には、出会いから今までの思い出がよぎっていた。

仕事を終えた後、制服からニットとマーメイドスカートに着替えて丁寧にメイクを直し、緩いウェーブの長い髪も綺麗に整えたので、少しは大人っぽくなっている……

はず。元が素朴なたぬき顔なので、なにをやっても桐人さんには釣り合わないのだけど、努力はしているつもりだ。

そして会社の外で待ち合わせ、彼の車に乗り込んでここへ来た。桐人さんは出退勤時間を私に合わせて毎日のように送迎してくれるのだが、社員に見られたくなくて少し離れた場所で乗り降りしている。

夫婦なのだからこそこそする必要はないのに、私はまだ彼の妻だと知られる覚悟ができていないのだ。

桐人さんのプライベートは謎に満ちている。そんな彼が結婚したとなったら、相手である私も絶対に注目を浴びて仕事がやりづらくなるだろう。

好意的な社員ばかりではないだろうし、どんな反応をされるかちょっと怖かったりもする。社内では絢が恋人候補だと思われているのも、公表しづらい一因でもある。

桐人さんが『君は俺のものだと早く周知させたい』と、独占欲を露わにしてくれるのはとっても嬉しいのだけれど、私はもう少し心の準備が欲しい。付き合った期間が短いせいもあって、まだ勇気が出ないのだ。

結婚と同時に一緒に暮らし始めて約二カ月が経ち、ふたりで過ごすことにはだんだん慣れてきた。こうやって高級な場所に来るのは気後れしてしまうけれど、彼との時間をひとり占めできるのは幸せすぎる。

桐人さんは食べる所作もとても綺麗で、まさに品行方正という感じ。彼に恥をかかせないよう、フルコースをいただく今日は密かにマナーを頭に叩《たた》き込んできた。畑仕事をする両親の田舎料理を食べて育ったごくごく一般庶民の、悲しい性である。

赤身が綺麗でとっても柔らかいサーロインステーキにナイフを入れ、私は昼間の一件を思い返しながら言う。

「桐人さんはきっとお魚を選ぶだろうなって思ってました。今夜このお肉を食べる予定だったから」

「正解。前世がエスパーの君には簡単すぎたな」

仕事中とは違う穏やかな表情で、砕けた調子で返す彼にクスクスと笑った。

このレストランの肉料理は絶品なのだと、今夜のクリスマスディナーは桐人さんが予約してくれた。

彼はデートの場所を考えたり、前もって準備したりすることを決して面倒臭がらない。忙しくても必ず一緒に過ごす時間を捻出してくれる。むしろ、仕事以外はずっと私といるんじゃないかと思うくらい。

おそらく社員の皆さんが抱いている冷徹なイメージとはかなりギャップがあるだろ

うなと思いつつ、肉の脂が舌でとろけるのをしっかり味わう。

「ん〜、このステーキ本当にすごく美味しいですね！　口の中であっという間になくなる……」

「そうだな。でもどんな高級料理より、秋華が作ってくれた料理が一番美味しい」

なにげない調子で口にされたひと言に、じわじわと喜びが込み上げた。

こんな幸せな言葉も自然にかけてくれる。私にはもったいなさすぎる、完璧な旦那様だ。お世辞でも嬉しくて、謙遜するもニヤけてしまう。

「またまた。このお肉には負けます」

「毎日食べたくなるのは秋華の手料理だよ。それで社食にも通っているんだから」

確かに、桐人さんはカレーを頼み続けたあの頃から、会食などがない限りはずっと社食に来ている。社長が一般社員と肩を並べてお手頃価格のランチを食べるのを不思議がっている人もいるけれど、こんな理由だなんて思わないだろう。

「いや、それだけじゃないか。秋華の顔を見たい、っていう理由もある」

こちらに目線を向けてふわりと微笑まれ、くぅぅっと悶《もだ》え転がりたい衝動を堪える。

普段にこりともせず氷点下の空気を放っている彼が、こんなふうに甘くなっているなんて……もう好き以外の言葉が見つからない。

「私も、会社でも桐人さんに会えるのが嬉しいです」

満面の笑顔で返すと、一瞬目を丸くした彼はため息を漏らして口元に手を当てる。

「君もそう思ってくれているのか……。困ったな、今すぐに抱きしめたい」

目を逸らして呟《つぶや》く彼の頬がうっすら赤みを帯びているのがわかり、胸がきゅんきゅん鳴って忙しくなった。同時に、破廉恥な期待がよぎる。

帰ったらたくさん抱きしめてくれるかな。今夜こそ、あなたと……。

急に身体が火照《ほて》り出すも、悟られないよう別の話をして残りの食事を楽しんだ。


デザートを食べ終えると、桐人さんからなんとプレゼントを渡された。綺麗に包装されていたのは、ハイブランドのカシミヤの手袋。仕事柄手が荒れるのでこの時期は手袋が必須だと、なにげなく話したのを覚えていてくれたらしい。

とっても温かくて手触りのいいそれと、なにより彼の気持ちに感激して、私は何度もお礼を言った。しかし、彼のサプライズはそれだけではなく……。

豪邸が立ち並ぶ閑静な住宅街、青葉台《あおばだい》にある高級低層マンションの一室に帰宅すると、桐人さんは冷蔵庫からケーキらしき箱を取り出す。それを開けると、超人気でなかなか手に入らないチョコレートムースケーキが顔を覗《のぞ》かせた。

コーティングされたガナッシュは顔が映るくらい光沢があり、エディブルフラワーと金箔が品よく散らされて芸術作品のよう。ＳＮＳで見てずっと気になっていたそれに、私は目を丸くする。

「えっ、このケーキずっと食べたかったやつ……！」

「クリスマスらしい苺のショートケーキとか、一ピース五千円のケーキとかと迷ったんだが、やっぱり秋華が食べたがってるものがいいかと思って」

「え～なんでわかったんですか⁉　言いましたっけ？」

「前世がエスパーなんだ」

昼間に私が言ったのと同じ言葉を返され、驚きつつ笑ってしまった。

本当にエスパーなんじゃ？と思うくらい私のツボを押さえているので、「すっごく嬉しいです。ありがとうございます！」と心からお礼を言った。

でも、与えてもらってばかりではいけない。彼のためになにかしてあげたくて、私も一応用意しておいたものがあるのだ。マナーのことで頭がいっぱいで、レストランに持っていくのをうっかり忘れてしまったのが少し悔やまれるけれど。

ケーキを切り分けてリビングのローテーブルに運び、ついでにクローゼットに隠していた小さな包みを取ってくる。ソファに座る桐人さんにちょっぴり緊張しつつそれを差し出すと、彼は大きく目を見開く。

「私からもプレゼントです。そんなに高価なものじゃないし、ちょっとウケ狙いな感じなんですけど……」

「ウケ狙い？」

ごにょごにょと尻すぼみになっていく私の言葉に、彼がぴくりと反応して繰り返した。しかしすぐに感動したような表情に戻り、「ありがとう」と言って丁寧に包みを開ける。

私からのプレゼントはネクタイピンにした。定番だけれど、デザインは一風変わったもの。冒険してみたそれを見て、桐人さんの目がわずかに輝いた気がする。

「すごいな、ハサミだ」

「はい。シェーレってドイツ語で〝ハサミ〟ですよね。確か、最初に作っていたそれが社名になったって」

そう、シルバーに輝くこのタイピンは、繊細なハサミの形をしているのだ。

シェーレは元々ハサミを生産していて、医療用のペアンを作ったのがきっかけで現在の医療機器メーカーへと発展したのだと、異動したばかりの頃に聞いた。社長が社名の由来となったアイテムのピンを身につけるのも、なかなか粋じゃないだろうか。

桐人さんは納得したように頷《うなず》き、口元をほころばせる。

「なるほどね、気に入ったよ。さっそく明日から毎日つける」

「よかった。いつも厳しい社長様がこれをつけていたらギャップ萌《も》えするな、っていう私の願望もあってこれにしちゃいました。あと……いつでも、私を思い出してもらえたらな、と」

最後のほうは、照れてたどたどしい口調になってしまった。口にするのは恥ずかしすぎたな。

頬が熱くなって俯き気味になっていると、ぐっと背中を抱き寄せられて彼の胸に飛び込んだ。

「なんでこんなに可愛いんだ、君は」

温かいため息混じりの声が耳元で響き、胸がくすぐったくなる。

「本当にありがとう。一生大事にする」

「一生？　大袈裟だなぁ。でも嬉しいです」

「大袈裟じゃない。秋華に喜んでもらえればそれでよかったのに、俺までプレゼントをもらえるなんて」

「私だけじゃダメに決まってるじゃないですか。桐人さんのことも満たしてあげたいんです」

少し胸を押して顔を上げ、切実に言う。私たちはふたりで幸せになるために結婚したのだから。どちらかが与えてばかりの愛は、きっといつか破綻してしまう。

彼はとろけるような瞳で私を見つめ、髪をそっと掻《か》き上げそのまま頬に手を当てる。

「秋華がそばにいるだけで、俺はいつも満たされてるよ。君と一緒になれて幸せだ」

無償の愛を紡いだ彼の唇が近づく。鼓動が高鳴るのを感じながら目を閉じ、柔らかな熱に包まれた。

最初は唇の感触を楽しむように優しく、次第に口内まで味わうようなキスへと変わっていく。今の桐人さんには冷たさのかけらもなく、情熱的で溶かされてしまいそうなほどだ。

「んん……はぁ、桐人さ……っ」

ドキドキしすぎて乱れた呼吸を整えようと、少し唇を離して目を開ける。あまり余裕のなさそうな、やや上気したご尊顔と視線が絡み、さらに心臓が悲鳴をあげた。

ちょっとセクシーすぎるんですが……！　キスだけでは終わらない雰囲気を感じ取り、ごくりと息を呑む。

——実は私、二十六歳の人妻二カ月目にして、いまだに処女。結構レアな女だと自負している。

学生時代に交際経験はあるものの、行為をするくらい深い関係になる前に病気が原因で別れてしまった。

血管の病気は全身に発疹ができて、お世辞にも綺麗とは言いがたい見た目になってしまう。さらにステロイド薬の副作用で、顔がまん丸になってしまったりするのだ。元カレは変わってしまった私を好きでいられなくなったらしい。

以来、なかなか恋はできずじまいだったが、ようやくこの人にならすべて捧《ささ》げられるというほど好きな人と出会えた。

ところが、桐人さんともまだ一度も身体を重ねていない。夫婦になったらさすがに自然とそういう流れになるだろうと思っていたのに、毎晩同じベッドで寝ていてもキスより先に進まないのだ。恋人期間が短かったせいで、彼もまだ遠慮しているのかもしれない。

今のままで満足していないわけじゃないけれど、やっぱり愛する人と身体も繋《つな》がりたいと思う。それはきっと贅沢なことではないだろう。

クリスマスイブという特別な夜なら、一線を越えられるんじゃないか。その期待は一層膨らみ、貪欲に愛を乞うように美しい瞳を見つめる。

彼もまた情欲を帯びた目で私を見つめ、しっかり腰を抱いて再び唇を近づけた――。

「ほんでほんで？　どうなったん⁉」

ホテルの広い会場の端で私の話を聞いていた、関西出身の同僚であり親友の和奏《わかな》が身を乗り出してくる。彼女もシェーレの社食で一緒に働いている、心強い仲間だ。

私たちの会社、パーフェクト・マネジメントの社員が集う忘年会に参加している今、あの日の出来事を報告中だ。私も和奏も、取り皿にビュッフェの料理を乗せたまま、話に夢中であまり減っていない。

つい一昨日のクリスマスイブの一夜を思い出すと、恥ずかしいしもどかしい。

「しばらくキスした後、『ケーキより先に味わってごめん』って微笑まれて」

「きゃ～、もっと味わってええんやで社長！　でっ⁉」

「ちゃんとケーキを食べて、寝ました。いつも通りに」

「おぉ～！　ついに寝……………ん？　『いつも通り』？」

盛り上がりが最高潮に達したかと思いきや、和奏はぽかんとして首をかしげた。私はちょっぴり口を尖《とが》らせて頷く。

「はい。健全に」

「なんでやねんッ!?」

それは私が聞きたい。あんなに甘い雰囲気で濃厚なキスをして、桐人さんだって欲情していたはずなのに、結局なにもなかったんだから。

芸人さながらのツッコミをした和奏の隣で、静かに私たちの話を聞いていた社長秘書の麗《れい》さんもグラスを片手に苦笑している。

「クリスマスは期待しちゃうよねぇ。私も思い出すわ」

「社長と付き合い始めたのがクリスマスでしたっけ。いいなぁ～」

以前聞いたなれそめでは、それはそれは極甘な夜を過ごしたそうなので、今の私にとっては羨ましくて仕方ない。

しょんぼりする私に対し、和奏は鮭のテリーヌにフォークをぶすっと刺した。切りっぱなしボブの黒髪がさらさらと揺れ、やや猫目の美人顔は見るからに不満げだ。

「そんな生殺し状態で手出さへんって、まさかドM？　男にとってはここぞ！って夜やったやんか、絶対。浮かれたムードを利用してベッドインするのが、クリスマスのカップルの定石やないんかい」

「それ八影社長にそのまま言ってあげなよ」

麗さんが冗談混じりに言うと、和奏は「それは無理です」と真顔で即答した。さすがの彼女も本人には言えないらしい。

和奏は好き嫌いがはっきりしていてズバッとものを言う、竹を割ったような性格の美人さん。見た目と関西弁のギャップが面白い。

麗さんは私たちの四歳年上で、真面目で仕事ができる上にとっても可愛いお姉さんだ。そしてなんと、イケメンでやり手のわが社のトップ、不破《ふわ》社長と結婚している。美男美女で公私共に信頼し合っている、理想の夫婦だ。

委託先で働いている私たちは、本社にいる社長秘書の麗さんとは本来ならほとんど接点がない。しかし、わが社でかなり重要な取引先であるシェーレとの打ち合わせは不破社長自ら行っていて、彼女も頻繁に同行してくるので従業員とも接する機会が多々ある。

さらに私と和奏は調理師なので、定期的に本社での研修もある。年の近い私たちは、あちこちで顔を合わせているうちにいつの間にか親しくなっていたのだった。

和奏は入社した時からの仲だし、麗さんは同じ社長夫人。話も気も合うふたりにだけはなんでも相談できるので、今も遠慮なく本音をこぼしている。

「私も〝さすがに今夜は進展するんじゃ⁉〟って期待したんですけど……なんであと一歩進まないんだろ。私の身体が貧相なせいかな？」

お皿と箸を持った状態で自分の身体を見下ろす。レディーススーツ越しだとあまりわからないが、胸は大きくないしなんとなくメリハリのない身体で、色気を感じないのは自覚している。

でも、麗さんはこんな時にも優しくフォローしてくれる。

「好きな子だったら、そんなの関係ないと思うよ。キスはするんだし、欲情してないわけじゃなさそうよね」

「となると……したくてもできへんとか？」

さっきから小声で話しているけれど、和奏はさらに声を潜めてそう言った。その可能性は私もずっと頭にあったので、彼女にずいっと顔を近づける。

「……やっぱりそうなる？」

「愛する妻を抱かへん理由なんて、それしかないやろ。治療すすめたほうがええんちゃう？　もしかしたら、症状を改善する最新の薬を開発しようとしとるかも……」

「真面目に言わないで」

難しい顔をする和奏に思わずツッコんでしまった。

シェーレでは近年、医療機器の他に新薬部門も立ち上げたので薬の開発も行っているけれど、さすがにそれ用の薬は作っていないと思われる。

麗さんはおかしそうに笑って、やっぱりアドバイスをくれる。

「なんだかんだで話し合うのが一番だと思うよ。結婚生活二年目の私だって、相手がなに考えてるのかわからない時もいっぱいあるもの。まあ、あの人は特殊な気がするけど」

〝あの人〟というのは、旦那様である不破社長のことだろう。調理師から社長になったという異色の経歴の持ち主であり、切れ者で社員たちのカリスマ的な存在となっている人なので、彼を理解するのは難しそうだなと私も感じている。

和奏もうんうんと頷いて、重役の方々と話をしている社長を一瞥《いちべつ》する。そして「あの不破社長に愛されとるだけで、ほんまにすごいと思いますよ」と言うと、麗さんはストレートロングの髪を耳にかけながら照れ笑いしていた。

私も、桐人さんともっと深く繋がりたい。悩み事があるならふたりに相談するだけじゃなく、本人とちゃんと向き合わないと。

「麗さんの言う通り、話し合ったほうがいいですよね。夫婦なんだから」

迷いが吹っ切れたように感じながら、背筋を伸ばして言う。麗さんも和奏も微笑んで頷き、明るく励ましてくれた。

忘年会は三時間ほどで終わり、ほろ酔いのいい気分で和奏と一緒にホテルを後にした。ホテルと駅が直結しているので、電車で帰る彼女を改札で見送ってから外へ出る。

駅のすぐそばに桐人さんが迎えに来てくれている。黒光りする高級車を見つけて助手席に乗り込むと、彼の微笑みに迎えられた。

「すみません、待たせちゃって。ありがとうございます」

「お疲れ様。ひとりで帰らせたりしないよ」

まったく嫌な顔せずそんなふうに言ってくれる、本当に素敵な旦那様だ。物申したいことはたったひとつだけ。

いい感じにアルコールも入っている今なら、深刻にならない調子で話せるかもしれない。〝どうして抱かないんですか？〟などと直接的に聞かないで、遠回しに言ってみよう。

しばらく忘年会でのことを話してから、意を決して切り出す。

「さっき不破社長の奥様と話したんです。お互いの家庭の話になって、それで思ったんですけど……私たちまだちゃんと話してなかったですよね。子供のこと」

なるべく自然に、なにげない調子で話を振る。ご両親に挨拶をした時、跡取りの話を少しされたくらいで、私たち自身は子供について話していなかったのは本当だ。

「桐人さんは将来、子供欲しいですか？」

緊張しつつ問いかけ、ハンドルに手をかける姿も洗練されている彼をちらりと見やる。前を向いたまま一瞬ぴくりと反応し、その横顔はすぐに柔らかにほころんだ。

「ああ、もちろん欲しいよ。子供ができたら、今よりさらに幸せになれるはずだ」

予想以上に好意的な反応がもらえて、同じ意見だったことに少しほっとする。

「でも、今はまだその時ではないと思ってる。俺はもっと秋華とふたりの時間を過ごしたい」

真剣な瞳がこちらに向くと同時に言われ、はっとした。

まだふたりでいたい……か。確かに、私も今すぐ子供が欲しいわけではない。彼が行為をしない理由のひとつはそれなのかも。

でも少なくとも、子供を望んでいるならいつかは必ず抱き合う日は来るだろう。そう考えると焦らなくてもいいのかなと思えて、「そうですよね」と笑みを返した。

桐人さんの考えを少し聞けただけでも、気持ちが軽くなった。完全に不安が消えたわけではないけれど。

運転席から安心させるように手を重ねられる。大きなぬくもりに包まれて、彼の愛は確かなのだから信じようと自然に思えた。

まもなくシェーレは年末休業に入ったものの、私たち社食の従業員は厨房の大掃除をしなくてはならない。一日がかりで床や調理機器を磨いたり、いらないものを処分して棚を拭いたりと、いつ保健所の監査が入ってもいいくらいに綺麗にした。

仕事納めをして、清々しい気分で食堂を出る。和奏はこれから推しのグループのライブがあるとかで、終わると一目散に帰っていったので、私はひとりマイペースに帰宅する。

エレベーターホールに向かっていくと、自販機があるコーナーでひとりの女性と出くわした。もう休みに入ったはずのシェーレの社員、白鳥絢だ。

「あら、秋華。お疲れ～」

「絢……お疲れ様」

彼女も同時に私に気づき、エキゾチックな顔に笑みを作って手を振った。もう来年まで会うことはないと思っていたのに。

「シェーレはもう休みに入ったんじゃないの？」

「そうなんだけど、私はやり残したことがあって来てたの。やっぱり年越す前に片づけちゃいたいじゃん」

「確かに」

高校時代から今も、絢と話しているといつの間にか彼女の自慢話になっていることが多いので、今日もさらっと話を終わらせることにする。

さっさと退散しようと、笑顔を向けて歩き出そうとした時、絢がわざとらしい調子で言う。

「飲み物買おうかと思ったけど、やーめた。時間あるならちょっとお茶してかない？こうやってたまたま会うのも珍しいし」

予想外に誘われてしまい、内心ぎくりとした。

お茶がしたいなんて言われたのは初めてだ。いったいなんの思惑が？と勘繰ってしまうくらいには彼女を警戒している。

「なにか予定ある？」

「あーうん、ちょっとね。ごめん」

へらりと笑い、本当はなんの予定もないけれどあっさり断った。しかし絢はなぜか真顔でずいっと近づいてきて、突拍子もないことを言い出す。

「まさか、デートじゃないわよね？」

「はっ⁉　違うよ。なんで？」

「だって……秋華、仲いいじゃない。八影社長と」

ピンポイントで彼の名前を出され、肩が跳ねるくらいドキッとした。思わず目を見開く私を、彼女の探るような猫目がしっかり捉えている。

その瞬間、高校時代の記憶が蘇る。私の友達で、絢に彼氏を奪われたという子がいたなと。

絢は自分が欲しいものはなんとしてでも手に入れたい性格らしい。恋愛に関しては、当時からいい話を聞かなかった。

やばいやばい。この子に知られたら絶対面倒なことになる。そう直感して、なんとか平然を装う。

「な、なんで八影社長？　社食に来る時にちょっとしゃべるくらいで、仲いいってほどじゃ」

「その時がさ、なーんか他の人とは違うなって感じたの。密かに付き合ってたりするんじゃないかな……っていう、女の勘」

「ないない！　ないです！」

ぶんぶんと首を振って全否定してしまった。付き合っているんじゃなくて結婚しているから嘘ではない……と、心の中で苦しい言い訳をして。

嗅覚が鋭すぎる絢にじーっと見つめられ、冷や汗が流れる。しばし怪しんでいた彼女だが、急にコロッと変わって笑顔になった。

「だよねぇ。あんなにハイスペな八影社長が、食堂の調理員とだなんてありえないか～」

なんかけなされている気がする。いや、確実にけなしているな。

自分に自信があるのはいいことなのだが、彼女は常に一番でありたいという野心を露わにしていて、こちらが見下されているように感じる。だから苦手なのだ。

口の端を引きつらせる私などお構いなしで、彼女は自販機のボタンを押してスマホをかざしながら饒舌《じょうぜつ》に話し続ける。

「でも羨ましい、仕事以外で話せるの。私は仕事でしか褒めてもらえないからなぁ。社長って実はそういう頑張りもちゃんと見ててくれてね、私がずっと希望してた開発に移れたのも社長のお口添えがあったからしいの。滅多にないことなのよ」

「へぇ～……」

もう帰っていいかな。完全にマウント取ってきてるし。

絢が盛って話している可能性も十分あるけれど、本当に桐人さんに褒められたり認められたりしているとしたら、ちょっと妬ける。

じり、と胸の奥が痛くなるのを感じていると、自販機からミルクティーの缶を取り出した絢が淡々と言う。

「だから、邪魔しないでね」

「え？」

眉をひそめる私に、彼女は口角を上げたまま、あからさまに敵意を滲《にじ》ませた瞳を向ける。

「私、八影社長のこと本気で狙ってるから。ライバルは減らしておかないと」

いただけない告白をされ、つい顔を強張らせてしまった。それに気づいているかはわからないが、絢は宣戦布告するような笑みを浮かべて手を振る。

「じゃ、私ちょっと休憩していくから。よいお年を」

「あ、うん。よいお年を……」

私も笑顔を取り繕って定型文のように返し、エレベーターに向かう。それに乗り込み扉が閉まった直後、盛大なため息を吐き出した。

絢が誘惑しても桐人さんがなびくとは思えないけれど、決していい気分にはならない。結婚していることも余計言い出しにくくなってしまった。しばらく秘密のままにして、絢が諦めるのを待つしかないかな……。

せっかくすっきりと仕事納めをしたのに、心の中だけはもやもやしたまま年を越すことになりそうだ。


翌日、休みに入った私は、気持ちを切り替えるためにもマンションの部屋を掃除していた。普段から散らかったりはしていないけれど、手つかずだったところを前々から大掃除するつもりだった。

桐人さんは今年最後の日帰り出張に行っている。絢のことは話せていないし、言いようのない不安で心が落ち着かない。

少しでも気分をすっきりさせたくて、ひとり気合いを入れて換気扇や窓の汚れを落としていった。

気がつくと、午後三時を回っていた。まだ時間も体力も余裕があるので、桐人さんが使っている書斎も掃除しておこう。普段はロボット掃除機にお任せしているだけで、私はあまり入らないそこにお邪魔してみる。

本棚には医療関係の難しそうな書籍がたくさんあり、デスクにはおしゃれなランプと時計が置いてあるくらいで綺麗に保たれている。さすが桐人さんだな、と感心して部屋中を見回していると、デスクの下にペンが落ちているのを発見した。

それを拾い、ペンをしまうくらいは問題ないだろうと、あまり深く考えずに引き出しを開ける。予想通り、文房具を入れるスペースが仕切られていたのだが、私は別のものに目が留まった。

見覚えのあるメモ用紙が数枚入っている。以前、私が彼への伝言を書いてテーブルの上に置いておいたものだ。

基本、いつも一緒に食事をして同じ時間に眠るのだが、ごく稀に仕事で彼の帰りが遅くなる日がある。そういう時に、〝冷蔵庫にサラダが入ってます〟とか〝先に寝ますね。おやすみなさい〟とか、本当にたわいないひと言を書いたもの。

読んだら捨てて構わないのに、こんなに大事そうに取ってあるとは。ちょっとだけほっこりして口元が緩んだ。

やっぱり私もなにかしてあげたくなる。せっかくだから、普段あまり掃除しなさそうなところを綺麗にしておこうかな。

ハンディモップを持ってきて、棚の上の埃《ほこり》を取り除いていく。丁寧にやるよう心がけていたものの、本を取り出そうとした時に手が滑って何冊か落としてしまった。

あちゃー、とあたふたしつつ落としたものを拾おうとした時、玄関のほうでドアが開く音がした。

あれっ、桐人さん？　もう帰ってきたんだ！

予定より早く会えるだけで嬉しくなると同時に、早く片づけようと再び手を伸ばす。

すると、本の中にひとつだけ違うものが混ざっていた。

「ん……？　アルバム？」

薄めでシンプルな表紙のそれは、おそらくフォトアルバムだろう。写真もちゃんと保存していて几帳面だな、と思いながら手に取った瞬間、ドアの向こうからご本人が登場した。

「桐人さん！　おかえりなさい」

「ただいま。……それ」

お互い笑顔で挨拶したものの、私が本やアルバムを持っているのを見た彼は、すうっと無表情になっていく。機嫌を損ねてしまっただろうか。

「ごめんなさい、掃除してたら落としちゃって。すぐ片づけま――」

「中、見た？」

慌てて棚に戻そうとするも、妙に威圧感のある声で遮られた。どこか暗い陰影を含む瞳でこちらを見つめる彼に、なんとも言えない違和感を抱く。「いえ」と首を横に振ると、彼の表情にはいつもの笑みが戻った。

「そうか、手伝うよ。綺麗にしてくれてありがとう」

部屋に入ってきた彼は、特に怒ったような様子もなく私の手から本たちを取る。

なんだろう、一瞬桐人さんが怖かった気が……。私が勝手に見ようとしたと思ったのかな。あの中に、見られたくない写真でも入っているのだろうか。

まあ、昔の写真だったら嫌なものもあるかもしれない。桐人さんはもういつも通りだし、あまり触れないでおこう。

片づけ終わった彼が、私の背中に優しく手を当てて出るように促す。私は本棚に戻されたフォトアルバムを一瞥し、書斎を後にした。


大晦日《おおみそか》はふたり分の小さなおせちを作り、夜は桐人さんとまったり過ごして新年を迎えた。

私が調理師になったのは、両親が育てた野菜でご飯を作っているうちに、料理が好きになっていたから。おせちも張り切って作ったら、桐人さんがどれも美味しいと褒めてくれた。彼と出会ってから、かなり自己肯定感を上げてもらえている気がする。

そして一月二日の今日は、桐人さんと初詣をしに神社へやってきた。正確には、彼とふたりではないのだけれど。

たくさんの人で賑《にぎ》わう境内を、お賽銭箱に向かってゆっくり歩く私の隣には、にこにこした着物姿のお義母様がいる。

「まさかお嫁さんと初詣に行くことになるとはね～。娘ができたみたいで嬉しいわぁ」

「そんなふうに言っていただけて嬉しいです」

朗らかで若々しいお義母様に返した言葉も、笑顔も本物だ。家柄がいいわけでもないのに、私をちゃんと妻として認めて温かく接してくれる彼女のことが好きだから。

八影家では家族そろって初詣に行く習慣があるらしいので、お嫁入りした私も同行している。しかも、皆さんに倣って和装で。

私は紺色の着物に、梅の花柄が可愛いピンクベージュの羽織を合わせた上品なスタイル。対するお義母様は、意外にも遊び心のあるストライプ柄の着物を着こなしていたので、カッコいい！と惚れ惚れしてしまった。

そしてなんと言っても、桐人さんの激レアな着物姿がたまらない。彼も銀鼠色の着物に羽織を合わせた姿なのだが、なにせ顔がいいのでめちゃくちゃ様になっていて、ドラマの撮影ですか？と言いたくなる。

毎年和装で行くと聞いた時は、着物なんて成人式以来だしハードル高い……と気後れしていたけれど、こんな彼の姿を間近で堪能できるなんて最高だと、今は感謝しかない。

　しかし当の本人は不服そうに腕を組み、若干表情がうんざりしている。

「毎年総出で来るこの習慣、いい加減にやめにしませんか」

「なにを言ってる。家族がそろう唯一の日だぞ。これをやめたらふたりとも帰ってこなくなるだろう」

　まるで時代劇に出てきそうな、威厳のあるお義父様が眉をひそめて一蹴した。

　シェーレの会長である彼は情に流されず妥協しない性格で、桐人さんの冷徹なところはきっとお義父様譲りだろう。

　そして今彼が口にした〝ふたり〟というのは、桐人さんともうひとり、四歳下の弟さんのこと。着物姿のイケメン兄弟が並んでいるので、周りの女性たちが目をハートにしているのがわかる。

　シェーレで薬事部の部長として経験を積んでいる最中の頼久《よりひさ》さんは、桐人さんと顔は似ているが愛想がよく、性格も無邪気で明るい。こちらはお義母様似だなという感じで、今もにこにこしながら言葉を返す。

「ちゃんと帰ってくるって。僕は和装好きだから、初詣行くのも嫌じゃないしね。まあ、親と一緒ってのがちょっとアレだけど」

「むしろアレでしかない。秋華とふたりでゆっくり来たかった」

むすっとしている桐人さんに、頼久さんとお義母様はけらけらと笑い、お義父様は「アレとはなんだ」とお怒りモードでツッコんだ。

なんだかんだで仲のいい家族だよなと思っていると、見えない鬼の角がにょきっと生えているようなお義父様が言う。

「条件のいい見合い話をすべて断って、秋華さんとの結婚を認めてやったんだ。これくらい我慢しなさい」

うっ……そう言われると肩身が狭い。でもそうだよね、私より会社のメリットになる家柄の女性はたくさんいるだろうに、恋愛結婚を認めてくれたんだもの。ご両親に感謝しなくちゃ。

肩をすくめると、お義母様が「ちょっとあなた」と少々咎《とが》めた。桐人さんもとても不快そうに眉間にシワを寄せ、文句を言いたげに口を開きかけたものの、その瞬間にお義父様が言葉を続ける。

「むしろ、大晦日に集まってウチに泊まっていくくらいの甲斐性《かいしょう》を見せてほしいものだ。秋華さん、酒はいける口なんだろう？　晩酌に付き合うのも嫁の仕事のひとつだぞ」

「結局、秋華さんと一緒に飲みたいだけじゃん」

注意されているような気がしたものの、ぷっと噴き出した頼久さんがそう言うので、私はキョトンとした。

初めにご挨拶をした時、雑談でお酒はわりと強いほうだと話したけれど、本当に一緒に飲みたいと思ってくれていたのだろうか。

私は歓迎されていないのだと思っていたから、単純に嬉しくて一気に気分が浮上していく。

「私もご一緒したいです！　お義父様は焼酎がお好きでしたよね。おすすめのものがあるので、その時は持っていきます」

「ほう、君のセンスをとくと拝見しようじゃないか」

「素直に〝楽しみにしてる〟と言えばいいものを……」

呆《あき》れた調子で桐人さんがぼやき、私も笑ってしまった。お義父様って意外とツンデレなのか。ただ単に厳しい人ではないんだとわかると、恐れる気持ちが徐々に薄れてきた。

肩の力を抜く私に、桐人さんが無表情で言う。

「無理はしてませんよ。私も一緒に飲みたいんです。お義父様とも早く打ち解けたいから」

「秋華、あの人は酔うとさらに面倒だ。無理に合わせなくてもいい」

自然な笑みをこぼして彼を見上げると、その顔がふっとほころび「そうか。ありがとう」と返ってきた。そして彼は少し身を屈め、私の耳元に口を寄せる。

「着物姿、すごく綺麗だ。本当は俺がひとり占めしたかったんだけどな」

鼓膜から脳まで溶かすような声に囁かれ、ぽっと頬に熱が集まった。髪はアップにしているので、赤くなっているのはバレバレだろう。

すぐそばにご家族がいて、しかも今の今まで塩対応だったのに急に甘くなるんだから……。勇気を出して着つけした甲斐があったわ。初詣最高。

内心のろけつつ参拝する人たちの列に並ぶと、桐人さんはお義父様に声をかけられて仕事の話をし始めた。お正月も頭の中は休みなしのふたりに対し、お義母様と頼久さんは私に身体を寄せてこっそり話しかけてくる。

「秋華さんと会ってからだと思うけど、桐人は本当に変わったわ。あんなふうに優しく笑うところ、大人になってから見てないもの」

「だね。結婚させてほしいって自分から頭下げるとは……っていうか、誰に対しても冷たい兄さんがそもそも恋愛結婚するってのが衝撃的だった。兄さんが執着するのは仕事だけだと思ってたから」

にんまりしながらそう言われ、私は身を縮めて照れ笑いを浮かべた。

私にだけは違うのだと思うと、彼の特別な人になれているのだと感じられて嬉しい。

桐人さんに対するご家族のイメージも、社員の皆さん方と大きな違いはないみたいだ。

「桐人さんって、昔から仕事人間だったんですか？」

「うん。ああでも、引くほど仕事熱心になったのは、兄さんも部長になった頃からかな。きっかけはわからないけど急にストイックになって、仕事のためならなんでもするし、情報の収集癖とか分析欲みたいなのもすごいよ。そういう意味ではちょっと変態チックかも」

「変態……」

無邪気に笑う頼久さんの言葉のチョイスに、私は苦笑を漏らしてしまったけれど、言い得て妙という感じはする。

「もうちょっと言い方があるでしょうに」

「もちろん褒めてるし、尊敬してるんだよ」

お義母様が目を据わらせて注意すると、頼久さんはそうフォローしていた。彼の表情を見れば、今の発言が嫌みなどではないのは明らかだ。

弟さんも一目置いているくらい、桐人さんの仕事への執着心は強いらしい。そういえば私のメモもしっかり保管していたし、情報収集や分析をするのが癖みたいになっているせいなのかもしれないな。

掃除している時に偶然見つけた、あのフォトアルバムも。情報収集の一環で、仕事に関係する記事をスクラップしていたりするのかもしれない。

ふたりとの会話を楽しみつつ、まだ仕事の話を続けているお義父様たちに目をやる。

「桐人も、新薬部門が今後飛躍するように神頼みしておいたらどうだ」

「神なんてアテにしませんよ。そんな不確かなものに頼らなくても、自分で成功させてみせます」

まっすぐ前を見つめ凛《りん》とした表情で答える彼からは、確固たる自信としなやかな力強さを感じた。厳しくても、社員の皆が彼についていくのがわかる。

シェーレでは医療機器だけでなく、医療用医薬品や手術の際に使う薬剤を開発する部門を新たに設立している。まだ始まったばかりだけれど、軌道に乗ればシェーレは業界トップの企業として独走状態になるに違いない。

それを先導していくのはやはり桐人さんだ。重要な使命を託され、実力で全うしようとする彼が本当に素敵だし、私も尊敬する。

お義父様も満足げに口角を上げて頷く。

「まあ、そうでなきゃ困るがな。大口を叩いておいて、くれぐれも失望させるなよ。お前が秋華さんと結婚したのはこのためでもあるんだろう？」

声を潜めて口にされたものの、私の耳はしっかり捉えてしまった。最後の、妙に引っかかるひと言を。

桐人さんが私と結婚した理由に、新薬部門の設立が関わっている……？　いったいどういうことなのだろう。意味がわからない。

気づいていないフリをして、お義母様たちに笑顔を向けたまま意識と耳は彼らのほうへ集中させる。一瞬こちらを振り向こうとした桐人さんは、やや煙たそうに小声で返す。

「こんなところで言うのはやめてください。……でもおっしゃる通り、私たちにとっても秋華は大事な存在ですから、父さんも丁重に扱ってくださいね」

ドクン、ドクンと鼓動が煩わしいほど大きく鳴り始める。『私たちにとって』って、なに？　この結婚にはなにか裏があるの？

私と医薬品、共通するものは例の難病だ。桐人さんにも、彼のご家族にも、結婚する前にこの病気については打ち明けている。

現在の治療薬であるステロイドは、副作用が起こるという大きな問題がある。それをクリアした新たな薬ができれば、日本国内だけじゃなく世界からも注目を浴びるだろう。

まさか、新たな治療薬の開発研究のために難病持ちの私に近づいた、とか……？

私の健康状態を観察したり、ゆくゆくは治験をさせたりして様々なデータを取るのも、家族なら都合がいいんじゃないだろうか。

『仕事のためならなんでもするし、情報の収集癖とか分析欲みたいなのもすごいよ』

頼久さんの言う通りなら、桐人さんが研究のために結婚するのはきっと容易い。

『私たち』というのは、彼の会社を意味するのではないか。

例のアルバムを見つけた時だって、よく考えれば彼の態度はおかしかった。やっぱり、あの中には私に知られたくない秘密が隠されているの？

私を抱かないのも、愛があるわけじゃないから――？

「秋華、気をつけて。段差がある」

ついぼうっとしてしまっていた私は、手を取られて我に返った。目線を上げると優しい表情の彼がいる。急激に胸が苦しくなるのは、きっと帯のせいじゃない。

この手はこんなに温かくて、どんな時も守ってくれているのに。その瞳も、私だけを見つめて微笑んでくれるのに……。

私たちを結ぶのは、ただの愛じゃないのかもしれない。芽生えた疑惑に心が支配されていかないように、私は彼の手をぎゅっと握り返した。

──『君以外に、欲しいものなんてない』

桐人さんに告白されたあの日、誰にも知られないようにひっそりと私たちの交際が始まった。とはいえ、恋人期間はたったの二カ月程度だったのだけれど。

『両親に見合いをすすめられてうんざりしているんだ。近い将来の結婚を前提に、付き合ってくれるか？』

両想いだったことに感激している最中にそう言われ、私は衝撃の連続だった。ただ付き合うだけじゃなく、まさか結婚前提の交際を申し込まれるとは。

当然、家柄の差やお互いの立場などを考えると、すぐに受け入れる勇気は出ない。

しかし、断る選択肢を選ぶほうが困難だった。理由は至極簡単、彼以上の人はいないと断言できるほど好きになっていたからだ。

そして、結婚前提の交際は私にとって決して都合の悪い話ではなかった。

私が患う病気は、一度症状が治まっても数年後に再燃する可能性がある。再燃したら体調が優れない日々に逆戻りすることになるし、また治療を始めなければいけない。

そうなった時、万が一元カレのように桐人さんの気持ちが変わってしまったら？　彼に嫌われたら落ちるところまで落ちて、もう這《は》い上がれないかもしれない。

でも結婚していれば、そう簡単に別れたりはできないはず。彼を手放したくないが故の思惑も、正直なところあったのだ。

しばらくは内密に、という条件だけお願いして交際が始まり、同時に結婚に向けて動き出した。お互いの家族に挨拶をして認めてもらい、引っ越しの準備もして、本当にあっという間に婚姻届を提出するに至った。

そうして夫婦になって約二カ月、まだキスしかしていないとはいえ、ちゃんと愛されていると感じて幸せだった。私も愛しているから結婚を決めたのは確かだけれど、その決断は時期尚早だったのだろうか――。

初詣に行った翌日、東京《とうきょう》の郊外にある実家にひとり帰省した私は、カーペットの上に座って愛しのペットであるうさぎと遊びながら思いを巡らせていた。

シェーレがある横浜までは電車で三十分くらいで、結婚する前は実家暮らしをしていたので家族に会うのはたいして久しぶりではない。それでもやっぱりお正月は顔を出そうと帰るのは決めていたし、桐人さんとのことについてひとりで少し考えたかったから、このタイミングはちょうどよかった。

桐人さんは、お義父様と一緒に出席しなければならない会食があるためお留守番だ。それでも『俺もご挨拶に行こうと思っていたから、少しご家族に会わせてくれ』と、私を送るついでに家に上がっていってくれた。

私の家族は大歓迎で、お茶菓子だけじゃなく漬物やら煮物やらたくさん並べてもてなしていた。食事も洗練されている八影家とはギャップがありすぎるけれど、桐人さんは終始柔らかな笑みを浮かべて楽しんでいたと思う。

午後八時を過ぎた今は、彼との部屋ともまったく違う生活感ありまくりのこぢんまりとしたリビングダイニングで夕飯を食べ終わったところ。対面式のキッチンに立つ母、ダイニングテーブルにつく四歳年上の兄と父がまったりとテレビを見ている。

「桐人さん、もっとゆっくりしていってくれてよかったのにね〜。うちの料理じゃ物足りなかったかしら」

「そりゃそうだろ。秋華が毎日同じようなもの作ってるんだから」

「いや、皐月《さつき》。社長さんはきっと外でいいもの食べてるんだから、家に帰ってきて普通～の飯が出てきたらほっとするだろ」

そう話すのは、兄の皐月と父。お父さんに悪気がないのはわかるけれど、お兄ちゃんのほうは若干嫌みだな……。

口の端を引きつらせ、「田舎料理しか作れなくてすみませんねー」と棒読みで言う私の周りを、うさぎのやよいがくるくると走り回っている。

皐月、秋華、やよい。この名前を聞けば、命名した父が競馬好きだとわかる人にはわかるだろう。彼は競馬予想を適度に楽しみつつ、母と二人三脚で汗水流して農業を営んでいる。

兄の皐月は、この家族の中では異質な弁護士だ。突然変異でも起こってしまったかのような秀才なのだが、実はシェーレの顧問弁護士でもある。私が異動する前から引き受けていたので、桐人さんとは先に知り合っていたわけだ。

付き合い始めた時は気まずすぎて報告したくない……なんて思っていたけれど、すぐに結婚することになったので隠しておけなかった。

顔合わせをした時、めちゃくちゃびっくりしていたお兄ちゃんに、桐人さんが『よろしくお願いします。お義兄さん』と挨拶していたのが面白かったな……。

そして、やよいは二年前に飼い始めた。麗さんの旦那様である不破社長がうさぎを飼っていると社内で話題になり、私も家族とペットショップを見ていたらひと目惚れしてしまったのだ。

ぴんと耳が立っているネザーランドドワーフという種類で、小さくてふわふわでとても可愛い。グレーの毛並みが綺麗な女の子だ。

やよいを撫《な》で回して癒されていると、母がテーブルに置いたりんごに、さっそく兄が手を伸ばして言う。

「いまだに信じらんねぇな……秋華があの金持ち秀才イケメンと結婚したなんて。奇跡でも起きない限り、普通は大企業の社長となんて近づけないぞ。秋華はシェーレの社員でもないわけだし」

本当に、普通に考えればおかしな話だろう。兄の言う通り奇跡が起きたのか、それともなにか落とし穴があるのか。

後者じゃないかと自分もまったく思わなかったわけではないけれど、あえて考えないようにしていた部分もある。桐人さんに疑惑が湧いてしまった今、それがより濃くなって胸が痛くなった。

でも彼に愛がないとまだ決まったわけじゃないし、と自分に言い聞かせていつものように平然と返す。

「運命ってやつなんですー。ねー、やよい」

「運命ねぇ……。あの人なら自分の思い通りに運命を作れそうだけどな」

兄はなんだか意味深に言い、しゃくっと小気味よい音を立ててりんごをかじった。

母は椅子に座ってお茶を飲み、にこにこして私に言う。

「またいつでも連れてきてね。目の保養になるから～」

「それは大事だよね」

「俺の前でそういうこと言わない」

ピンクのオーラを振りまいて言う母と私に、父はちょっぴり口を尖らせていた。

いつまでも母が大好きな彼は、りんごをひと口で頬張って和やかに言う。

「なんにせよ、秋華のことを大事にしてくれる人でよかったよ。これで皐月が農業女子の嫁さんをもらってくれたら万々歳なんだが」

「農業女子って、一気にゾーン狭くなってるじゃねーか」

「畑仕事を手伝ってほしいんだよ～お前が継がないから！」

頬を膨らませて憤る父に飄々《ひょうひょう》とする兄、それを見て呑気《のんき》に笑う母と私。

この騒がしさがすでに懐かしく感じ、わが家に帰ってきたんだなぁとほっとする。

桐人さんのことも考えすぎかもしれないなと、おおらかな気分になれてきた。

明日の夜はマンションに戻る。そうしたらまた、幸せな新婚生活を続けていけると信じていたい。

翌日の昼下がり、私は和奏とショッピングモールをぶらぶらしている。昨日の夜、実家の気楽さに甘えてゴロゴロしていると彼女から電話がきて、福袋を買いに行くから付き合ってくれないかと誘われたのだ。

私たちの休みは今日までで、結婚してから和奏と出かける頻度も減っていたからふたつ返事で了承した。

和奏が目当ての福袋を無事ゲットした後、花とグリーンに囲まれたボタニカルカフェに入った。おしゃれなワンプレートのランチを食べてまったりしていると、和奏は思い出したように口を開く。

「そういえば、ちょっと気になることがあったんや。仕事納めの日、八影社長ってなにしてたん？」

「仕事納めの日？　桐人さんも会社で仕事してたはずだよ」

絢と会った日だ。確か彼も仕事をすると言っていた。絢のことを思い出すともやもやがぶり返してくるな……後で愚痴らせてもらおう。

それはさておき、桐人さんがどうかしたのかとキョトンとする私に、和奏は神妙な面持ちで話し出す。

「その日さ、会社から五分くらいのとこのカフェで、一緒にライブ行く友達と待ち合わせしてたんよ。窓際で外見てたらちょうど秋華が帰るのが見えたんやけど、その後からやってきた八影社長が、秋華の後をつけてるように見えてん」

「は⁉」

まったく予想外の内容に、ついすっとんきょうな声をあげてしまった。桐人さんがそんな謎の行動をしていたの？

「後をつけてるって、どういうこと？」

「そう見えたってだけやけどな。夫婦なんやから話しかければええのに、ずっと同じ距離保ってついていってたから、なんやおかしいなー思て」

「ああ、それはたぶん会社の近くだったからだよ。他の社員に一緒に帰ってるの見られないように、ちょっと離れたところで車に乗るから」

たちまち噂になってしまうので、会社付近ではふたりでいないようにしている。桐人さんももちろん承知の上だ。

だから距離を取っていたんじゃないかと考えていると、和奏も納得したように頷く。

「あーそかそか。もう公表したらええんちゃう？　あれじゃ社長、まるで探偵かストーカーみたいに見えるで」

「ストーカーって」

あははっと笑い飛ばす彼女につられて私も笑った瞬間、はっと気づいた。あの日は一緒に帰らなかったことに。

朝は私のほうが早いのに、桐人さんはいつも時間を合わせて送ってくれるし、帰りもタイミングが合えば一緒に帰っている。最初は遠慮していたのだが、彼がそうしたいと言うので申し訳なく思いつつも乗せてもらうことになった。

しかしあの日は、珍しく仕事で遅くなると連絡があり、私は電車で帰った。だから、彼が徒歩で私を追うというのはかなり不自然なのだ。

違和感を覚えると、たいして気にしていなかったことが引っかかるようになる。出退勤だけでなく食事も休日も、常にふたりで過ごしているのは度が過ぎているような気もするし。

一般的なカップルはどうなんだろうと、ちょっとわからなくなってきたので尋ねてみる。

「ねえ、世の中の夫婦ってどれくらい一緒にいるものなんだろ？　食事はもちろん、休日どこへ行くにも一緒で、離れてるのはトイレの時くらいっていう感じは普通?」

「いや〜、夫婦でもそれは息詰まるやろ。自分の好きなことなんもできひんやんけ」

「シフトが細かい時間まで完璧に頭に入っててていつも待ち伏せしてたり、教えてないのに相手の好みや欲しいものを全部把握してたり、ゴミ同然の直筆メモを全部保管してあったりとかは?」

「それはもはや超能力者やん」

きっぱり断言されて胸がざわざわし始める。ただ大事にされているからなのだと思っていたけれど、これらすべてにもし別の意図があるとすれば……。

『まるで探偵かストーカーみたいに見えるで』

いや……いやいやいや、ありえないでしょ。仮にも結婚している旦那様が、妻につきまとうなんて。

さすがにその可能性はないだろう。でも、どうして私の後を歩いていたのかは奇妙だ。和奏が見間違えるとも思えないし。もしかして私、なにか疑われているとか?

桐人さんがなにを考えているかわからなくなってくる。初詣の時の件もあるし、相談したほうがいいかな。

黙り込んで悩んでいると、和奏はなにかを察したようにアドバイスしてくる。

「もし秋華が、こんな関係おかしいなって思うんやったら、対策考えたほうがええんちゃう？　適度な距離を取れるように。別居までいかなくても、今はルームシェア婚って方法もあるんやし」

「ルームシェア婚……」

そう言われて、初めての選択肢が自分の中に浮上した。

ルームシェア婚とは、お互いの生活に干渉せず、それぞれ自由に暮らす結婚のこと。食事やお金の管理、生活時間などを別々にするので、ルームメイトのような夫婦関係になる。最近はこういうスタイルの結婚をする人たちも増えていると、なにかの記事で見た。

もし私たちが一般的な夫婦と比べて度が過ぎているなら、和奏の言う通り適度な関係を保てるように矯正したほうがいいのかもしれない。

この話をしたら桐人さんはどう思うだろうかと、温かいカフェラテに口をつけて考えを巡らせていた時、私のスマホが鳴り出した。ディスプレイには母のアイコンが表示される。

「ごめん、お母さんから電話」

「どーぞどーぞ」

また一度家に帰るのにどうしたんだろうと思いつつ、通話ボタンをタップする。そうして聞こえてきた内容に、私は思わず立ち上がりそうになりながら「えっ!?」と叫んだ。

母からの電話は、『やよいが全然食べないし動かないの』というＳＯＳだった。彼女に異変が起こるのは初めてで、父はこういうことに関しては無知だし、今日は兄も遠出しているからテンパったのだろう。

とりあえず家の近くの動物病院に連れていこうと話がまとまり、和奏に事情を話して私もすぐに向かうことにした。今日が一月四日でよかった。三が日だったら診療をしていない病院が多いだろうから。

私が病院に着いた時、やよいはキャリーバッグの中でじっとしていた。うさぎは鳴き声もあげないし、悪いところがあっても隠そうとする動物なのでわかりにくいが、やっぱり元気がない感じはする。

診断の結果、消化管の動きが悪くなって食べ物が体内に留まってしまう、うっ滞という病気だろうと判明した。うさぎはこれを患うことがとても多いのだが、放っておくとあっという間に死に至る怖い病気だ。

幸い早くに母が気づいてくれたので、注射と薬で様子を見ることになり、おそらく数日でよくなるだろうと言ってもらえてほっとした。原因は食べたものが合わなかったり、毛づくろいの時に毛を飲み込んでしまっていたりと様々なので、気をつけなければ。

病院が混んでいたのもあって、午後三時過ぎにやっと帰宅したやよいはぐったりしていた。うっ滞を治すには腸を動かすことが大事なので、とにかく牧草を食べてほしいのだが、まだ時間がかかりそう。

気になってなかなかそばを離れられない私は、しばし悩んでスマホを手にした。複雑な心境で、桐人さんへのメッセージを打つ。

やよいが心配なのももちろんあるが、今はひとりの時間が欲しい。これまで一緒にいすぎて違和感に気づかなかったから。愛がない疑惑や、和奏から聞いた彼の謎の行動についても、もう少し考えたい。

ひとまずやよいが心配だからという理由と、明日の仕事に必要な荷物を取りに行く旨を伝える。すると桐人さんから電話がかかってきて、『必要なものを教えてくれれば、俺が届けるよ』と申し出てくれた。

とてもありがたいけれど、わざわざ荷物を届けるためだけに来させるのは申し訳ない。そう言って断ったものの、『大丈夫だから甘えてくれ』と押し切られてしまった。

午後六時、コートに黒のハイネックニットを合わせたカジュアルな私服姿の彼がやってきた。顔を見ると、やっぱり好きだという想いが込み上げてくる。

「桐人さん、本当にすみません。これだけのために」

「俺がこうしたかったんだからいいんだよ。それより、やよいちゃんの具合はどう？」

「まだあんまり食べないんです。うさぎは一日食べないだけで死んじゃうこともあるっていうから、すごく心配で……」

「そうか。そばにいてあげたらいい」

気遣ってくれる彼の優しさが胸に沁みて、少々うるっとしながら「ありがとうございます」と微笑んだ。

いつも通り素敵な旦那様だ……。この彼を疑うなんて、私がおかしいのかな。

自分に罪悪感を抱き始めた時、彼は探るように私を見つめてくる。アルバムを見つけた時と同じ、どこかゾクッとしたものを感じる、私の心を見透かそうとする瞳で。

「秋華自身は、なにも変わったことはないか？」

そう問いかけられてぎくりとした。

なにがあったわけでもないけれど、心境の変化はあった。なんでそんなことを聞くのだろう。私の些細《ささい》な異変に気づいたのだとしたら、観察眼もものすごく鋭い。

さすがに今は正直に言えず、ほんの少しだけ目を泳がせて首を横に振る。

「私は……特に、なにも」

「本当に？　表情が暗いのは、やよいちゃんのことだけじゃない気がするが」

勘がよすぎる桐人さんは、仕事の時と似た厳しさを感じる目をして私の頬に手を伸ばす。触れられそうになった瞬間、はっとした私は咄嗟《とっさ》に一歩身体を引いてしまった。

彼の瞳がショックを受けたように見開かれる。私も同じく、自分に驚いている。

スキンシップは嬉しいし、抱かれなくて寂しかったのに、まさか無意識に彼を拒絶してしまうとは……とにかく謝るしかない。

「あ……ごめんなさい！　あの、本当に他にはなにもないので、心配しないでください。明日こそは帰ります、たぶん」

「たぶん？」

「いやいや絶対！　絶対、帰ります」

ぎゅっと眉根を寄せた彼に、私は挙動不審になりながら慌てて訂正した。

ちょっと私、なんで心の迷いをそのまま口にしちゃうかな！　これじゃ桐人さんじゃなくてもおかしいって気づくでしょう。

これ以上話しているとまたボロが出てしまいそうだったので、少々強引に話を終わらせることにする。

「届けてくれてありがとうございました！　帰りも気をつけてくださいね。おやすみなさい！」

笑顔でぺこりと頭を下げ、「秋華」と呼び止められる声に構わず、玄関の中へ入ってドアを閉めた。それを背にして、深く息を吐き出す。

……いつまでもこんなふうに避けていたらダメだ。明日帰ったら、ちゃんと話をしないと。

初詣での発言の意味や、私の後をつけていた真相を聞いてはっきりさせようと、ぐっと手を握って心に決めた。

貴重な連休を終えた私は、皆にまた一時の別れを告げ、お泊まりセットを入れたバッグも持って会社へ向かった。

やよいはあれから少しずつ食べるようになり、便も出るようになったのでひとまず安心だ。父たちもさらに気をつけるようになっただろうし、次に会う時はまた元気に遊んでほしい。

心配はひとつなくなり、桐人さんと話そうと覚悟も決めたせいか、新年一発目の仕事は調子よく進んだ。

シェーレは明日が仕事始めなので、今日の主なタスクは調理の仕込み。大量の野菜をひたすら切りながら、気がつくと今夜は桐人さんが喜ぶメニューにしようと考えていた。疑心はあっても、彼が好きな気持ちは変わらないんだな。

順調に一日乗り切り、あとは今夜の話し合いだと気合いを入れ、ロッカーに押し込んでおいた大きなバッグを持ってシェーレを出る。この間和奏が私たちを目撃したというカフェが見えてきたところで、「秋華！」と呼ばれて足を止めた。

驚いて後ろを振り向くと、休日感のあるカジュアルなパンツスタイルの絢が笑顔で歩いてきていて、私は目を丸くした。

彼女は休みなのにここで会うなんて。気まずい……と思いつつ、「あけましておめでとう」と型通りの挨拶をして、少し立ち話をする。

「あなたたちは今日から仕事なのね」

「うん、そう。絢は実家には帰った？　家、わりと近くだったよね」

「帰ったわよ。今日は秋華に会いたくて出てきたの」

高校の時に同じ方面の電車に乗っていたのを思い出して話題を振ってみたものの、彼女の意味深な言葉にキョトンとした。

休日に会いに来るほどの用事ってなに？と、頭の中がハテナマークでいっぱいになる私に、絢は「ちょっと来て」と言い、歩道の端にあるベンチに座る。すでに薄暗く、寒さも厳しいけれどお構いなしらしい。

なんとなく胸騒ぎがするも、とりあえず従うことにする。仕事帰り風の人たちが通り過ぎていく中、私も腰を下ろした瞬間、絢の顔からすっと笑みが消えた。

「秋華、私に嘘ついたでしょう」

「えっ……？」

急に声色も冷淡なものに変わり、妙な不気味さを感じてぞくっとする。嘘って、まさか。

絢はなにやら自分のスマホを操作し、私にディスプレイを見せてくる。

「八影社長と同じマンションに暮らしてるじゃない。ほら、彼の車に乗るところだって見たわ。どう考えても、ただの社長と調理員っていう関係じゃないわよね。これでもまだ、なにもないって言える？」

見せられた画面には、私が桐人さんの車に乗り込む姿が映し出されていて瞠目した。

嘘、目撃されていたの⁉　十分に気をつけていたつもりだったのに……！

でも、写真まで撮られてしまったなら仕方ない。いつまでも隠せるとは思っていなかったし、嘘をついたのは事実だから私がいけない。潔く認めよう。

「……ごめん。絢の言う通り、嘘ついてた。勇気がなくて正直に言えなかったの」

伏し目がちに謝ると、絢は気だるげに細い脚を組んでため息をつく。

「やっぱりね。ずっと怪しいなとは思ってたのよ。秋華が倒れそうになって医務室に運んでもらったって頃から、あんたが社長を意識してるのはバレバレだったし。彼は表に出すような人じゃないからなかなか確信が持てなかったけど、最近はよく目撃するんだもの。全然隠せてないわよ」

棘《とげ》のある口調で言う彼女が、いら立っているのは明白だ。結婚してから帰る場所は同じだし、以前より一緒に出かけることが多くなったから、確かに見られても不思議じゃない。

とはいえ、帰宅するところや車に乗るところを立て続けに偶然目撃するのは、ちょっと不自然じゃないだろうか。絢は桐人さんのマンションも知っていたということになるし。他の人にも目撃されていたら、すでに噂になっている気がする。

違和感を覚えて私が黙っている間にも、彼女の敵対心はどんどん強まっていくのを感じる。

「秋華みたいに家柄も才能も、容姿も平凡な子が選ばれるなんて到底おかしいじゃない。いったいどんな手を使ったわけ？　料理で胃袋を掴《つか》んだとか？　まさか色仕け……は無理か」

絢は私の首から腰辺りをじろりと眺めて結論づけた。悪かったわね、色気が皆無で。

失礼な彼女を据わった目で見つつ、別になにも小細工はしていないのだと訴える。

「彼のためにしてあげたいことをやっただけだよ。人並みに」

「じゃ、純粋に愛されてるって言いたいの？　そんなわけないでしょ～。きっとなにか裏があるのよ。早めに別れたほうがいいんじゃない？」

高笑いする彼女の言葉に、少し胸を抉《えぐ》られる。

格差のありすぎる私たちだ、やっぱり裏があると思う人は多いだろう。私自身、まさにそれで悩んでいる最中なのだし。

でも、関係のない人にとやかく言われる筋合いはない。私が彼を好きなのも、彼が私を選んだのも揺らぎようのない事実なのだから。

そう言い返したくて口を開こうとするも、やはり言葉に詰まってしまう。桐人さんには純粋な愛があるわけではないかもしれないと、疑心暗鬼な気持ちが邪魔をして。

「言い返さないってことは、自覚があるのね？」

絢は私の心を見透かすように言い、得意げに口角を上げた。彼女には屈したくないのに、自信を持って反論できないのがものすごく悔しい。

肯定も否定もできず黙っていると、絢は余裕の調子でひとつ息を吐く。

「まあいいわ。秋華は彼の隣には相応しくないってこと、いずれ徹底的にわからせてあげる。私は欲しいものは絶対手に入れたいし、そのためには容赦しないから」

とどめを刺すような低い声で脅し文句を口にする彼女を、睨《にら》み返すことしかできない。なんとか怯《ひる》まずに、負けたくない気持ちを視線で表していた、その時。

「容赦しないって？　なにをするつもりですか？」

すぐそばから聞き慣れた声がして、私たちは同時にぱっと顔を上げ、大きく目を見開いた。絢を見下ろす麗しい男性は、今にも斬りかかりそうなほど恐ろしく冷淡な目をしている。

「私の秋華を傷つけるようなことをすれば、こちらこそ容赦はしませんよ」

「しゃっ……しゃ、社長っ⁉」

まさかのご本人登場に、絢の顔から一気に血の気が引いていく。私も桐人さんが来るとは思わなかった……！

彼も休みなのにどうしてここにいるんだろう、という疑問はあるけれど、今はとにかく助けに入ってくれてとても心強いしほっとする。彼が私に向かって伸ばした手もためらいなく取り、立ち上がると守られるように腰に手を回された。

桐人さんがそばにいるだけですごく安心するも、彼は絢に対して厳しい言葉を投げつける。

「まあ、すでに罰を与えるには十分ですよね、白鳥さん。秋華につきまとい、ストーカーまがいの行為をしていたんですから」

「ストーカー⁉　絢が……？」

え、桐人さんじゃなく？と、心の中で確認してしまった。絢本人もギョッとした様子で「えっ⁉」と声をあげる。

「年末辺り、白鳥さんが会社で秋華の行動を見張るような素振りをしていたので、私もあなたを監視させてもらいました。秋華の後をつけたのは一度だけではありませんね？　彼女の実家のすぐ近くでもあなたをお見かけしましたよ」

「嘘……」

さっき帰省したとは言っていたけれど、私の実家の近くにまでいたの？

会社で見張られていたり、後をつけられたのも全然気づかなかった。だからいろいろ目撃されていたのかと納得できるけれど、怖いし気味が悪い。

なんでそんなことをしたの、と戸惑いながら絢を見ていると、彼女も勢いよく腰を上げて必死に首を横に振る。

「ち、違うんです！　秋華と社長が本当に付き合っているのか、どうしてこの子が選ばれたのか確かめたかっただけなんです。ストーカーなんてしたつもりはまったく……！」

「たとえあなたに悪気がなくても、こちらは迷惑ですし確実につきまとい行為に当たるんです。私が証拠も押さえていますので、これ以上なにかするようなら弁護士に仲裁に入ってもらいます。それくらいのことをしたのだとしっかり自覚して、反省してください」

ぴしゃりと叱責する桐人さんに、絢はびくっと肩を震わせて口をつぐんだ。

今しがたの攻撃的な彼女を見ていれば、悪気がなかったとは思いがたい。けれど、最初は本当に私たちのことをただ探っているだけだったのが、本人も気づかないうちにエスカレートしていたのかもしれない。

そして桐人さんは、和奏が言ったあの日、私の後をつける絢を見張っていたということだろうか。私を守るために。

彼の不可解な行動の謎が解け、罪悪感と安堵《あんど》が入り混じる。彼は今も、私を護衛するように片腕でしっかりと抱く。

「あなたがなにをしようと、私が秋華以外の女性を愛することはありえません」

初めて家族以外の人の前で堂々と宣言する彼に、こんな状況なのにときめいてしまった。

ここまで想ってくれている人を疑って、私はなんて馬鹿なんだろう。彼のような人には、きっともう出会えないのに。今の言葉も建て前なんかではないと信じよう。

絢は絶望の淵に突き落とされたような表情で、声も出ない様子だ。ほんの少し同情しつつも、今後私たちの仲を引っかき回されたくもないのではっきり言っておくことにする。

「絢」と呼びかけると、彼女の目が忌々しそうにゆっくりこちらを向く。

「私たち、ただ付き合ってるんじゃなくて結婚してるの。そう簡単には別れないから」

虚ろだった目がみるみる見開かれる。「けっ……結婚!?」と叫んだ彼女は、あんぐりと口を開けたままへなへなとベンチに腰を下ろした。さすがに結婚しているとは思っていなかったのだろう。

思いきって告白したら、なんだかすっきりした。もう夫婦だというのを隠すのはやめて、周りの目を気にせず堂々としていよう。

桐人さんと一度目を合わせると、その顔にやっとわずかな笑みが浮かぶ。意気消沈している絢に「じゃあね」と告げて、ふたりで歩き出した。彼女もこれに懲りたらもう諦めてほしい。

会社の駐車場に停めてあった彼の車に乗り、三日ぶりのマンションへ向かう。シートにもたれると、一気に疲れが押し寄せると同時に女の嫉妬の怖さが蘇ってくる。

「桐人さん、ありがとうございました。あんなふうに敵意むき出しにされるの初めてだったんで、ちょっと怖かったです……」

「大事にならなくてよかった。彼女がこれで反省しなかった場合は、社会的制裁を与えるから安心してくれ」

ハンドルを握る桐人さんの声は、さっきよりだいぶ柔らかくなったのに内容はとっても恐ろしいので、私は口の端を引きつらせた。まだお怒りだったのね……。

まさか同性の子につきまとわれるなんて思いもしなかった。桐人さんにあらぬ疑いを持ってしまって本当に申し訳ない。

でも、謎の行動の理由がわかってほっとすると、誤解した自分が滑稽で笑えてくる。

「仕事納めの日、同僚の子がこの辺りで私たちを見たらしくて、桐人さんがまるで私の後をつけてるみたいだったって言われたんです。旦那様がストーカー？って、ちょっとギョッとしちゃいました。そんなのありえないのに」

「ああ……確かに誤解されてもおかしくないかもしれないな。白鳥さんの行動を追ったのはあの日が最初だ。会社で明らかに秋華に敵意のある目を向けていたから、君になにかしたらと思うと放っておけなかった」

笑い話にする私に、桐人さんも苦笑を漏らした。私ですら感じなかった彼女の異様さに気づいていたなんて、やっぱりこの人の観察力には感服する。

「俺が君のご家族に挨拶した日も彼女を見かけたから少し心配で、昨日も様子を見るついでに荷物を届けに行ったんだ」

「あ……だから『なにも変わったことはないか？』って聞いたんですね」

「そう。さすがに昨日はいなかったが、君が出勤する今日は接触してくるかもしれないと思って」

その予想は見事に大当たりだったわけだ。すごすぎる。

彼の話では、自分の欲しいものを持っている相手に対して、特にプライドの高い女性は事実を受け入れられずストーカー化することがあるという。〝なにか裏があるはず〟だとか〝自分が不正義を暴いてやろう〟と考えて、相手に固執してしまうのだと。

絢もまさにそのタイプだったのだろう。あのままさらにエスカレートしていたら、厄介なことになっていたに違いない。

「本当にずっと私を守ってくれていたんですね……。ありがとうございます」

「当然だ。俺にとって、君はなにより大事なんだから」

真剣な眼差しを向けられ、とくんと胸が優しく波打つ。

〝俺たちにとって〟じゃなく、〝俺にとって〟と言ってくれた。私は愛されていると、より確かな自信を持つために、自分の気持ちも正直に伝えよう。

マンションに着き、桐人さんは当たり前のように私のバッグを持って部屋へ向かう。

中へ入り、リビングに荷物を置いてひと息ついたところで、私は勢いよくがばっと頭を下げた。

「桐人さん、ごめんなさい！」

突然謝る私に、彼は驚いたように目をしばたたかせる。

「実は、桐人さんは仕事のために私と結婚したんじゃないかって疑っていたんです。その上、後をつけてるみたいだったなんて話を聞いたから、桐人さんがなにを考えているのかよくわからなくなって……。少しひとりで考えたくて、実家にいたんです」

決まりが悪く肩をすくめて打ち明けると、彼は眉をひそめて私の顔を覗き込む。

「仕事のためって、どうして？」

「初詣の時、お義父様が新薬部門について話している最中、『お前が秋華さんと結婚したのはこのためでもあるんだろう？』って言っていたじゃないですか。桐人さんも認めてたから、私は研究のために必要な存在なのかも……と」

桐人さんは思い当たった様子で一度視線を宙へ向け、ため息をついてソファに腰を下ろした。

私も隣にちょこんと座ると、彼は「そうか……俺も誤解させて悪かった」と謝り、あの日の会話について説明してくれる。

「秋華と出会ったのがきっかけで、副作用の少ない薬を作ろうとしているのは事実だよ。父さんには結婚を反対されないように、秋華と一緒になれば研究のためにもなると主張したから、ああいう言い方をしたんだろう」

「そうだったんですか⁉」

結婚を認めてもらうために、お義父様との間でそんなやり取りがあったとは。

「父さんは気を遣わないから、君に嫌な思いをさせるかもしれない。だから、仕事でも大事な存在だから大切に扱えと、あえて言っておいたんだ。仕事人間のあの人にはそれが一番効く」

「なるほど、そういう……。なんだ、私の早とちりだったんですね。罰が当たったのかと思いました」

勝手に悪いほうに想像して不安になり、彼を避けてしまった自分が情けなくてがっくりと肩を落とした。眉をひそめて「罰？」と首をかしげる桐人さんに、秘めていた思いを打ち明ける。

「私、病気のせいで恋愛もうまくいかなかったから、自信がなかったんです。桐人さんに捨てられたらどうしようって。結婚を決めたのは、夫婦になれば簡単に別れたりはできないはず、っていう思いも正直あったんです。打算的ですみません」

うなだれて反省する私に彼の手が伸びてきて、頬を優しく包み込む。目線を上げると、彼は思いのほか穏やかに微笑んでいた。

「それだけ俺を必要としてくれていたってことだろう？　罰当たりどころか嬉しいよ」

そんなふうに言い、決してぶれない真剣な瞳で私を見つめる。

「俺も、秋華と結婚したのは、ただ誰よりも君を愛しているからだよ。俺を信じてほしい」

はっきり伝えてもらえたおかげで、心から安堵して「はい」と返事をした。

桐人さんの綺麗な顔がゆっくり近づいてくる。ちょっぴり久しぶりのキスにドキドキしながらまつ毛を伏せる。

ちゃんと想いを確かめた後だからか、なんだかこれまで以上に甘く感じる。優しく舌が絡み合って、脳みそからとろけてしまいそう。

「ダメだ、我慢できそうにない……三日も触れていなかったから」

一度唇を離し、吐息と共に余裕のない声を漏らす彼がすごくセクシーで、このままもっと先に進みたくなる。

「我慢、しないでください。だって私はずっと、身体も愛されたいって願ってたから……」

勇気を出して赤裸々に伝えた。意外だったのか桐人さんが目を丸くするので、かあっと熱くなる顔を俯かせる。

「もしかして、待ってた？」

俯いたままこくりと頷くと、背中に手を回して優しく抱き寄せられた。彼の体温には無条件で安堵させられる。

「悪い、気づかなくて。恋愛関係になって日が浅いから、秋華はまだ嫌なんじゃないかと思っていた」

申し訳なさそうな声が耳元で響き、ああ、やっぱりそれで控えていたんだと納得した。ところが、「まあ、理由はそれだけじゃないが」とひとり言のように呟かれてキョトンとする。

他にも理由があるの？と聞こうとするも、彼の雰囲気が変わるのがわかり目を見張った。

「だから、もう少し夫婦として仲を深められるまで待つつもりだった。でも、秋華に寂しい思いをさせているなら別だ。今すぐ満たしてあげる」

情欲が宿った瞳にドキリとした瞬間、桐人さんは焦燥を抑えずに私の手を引き、寝室へと向かった。

ドアが閉まるのも待たずにキスの応酬を交わす。激しいのにとびきり甘いそれに頑張って応えていると、大きな手が私の服の上から胸の膨らみに触れた。

布越しでも恥ずかしくてぎゅっと目をつむる。そのうち、物足りないというように骨張った手が服の中へ侵入してきて、びくっと身体が震えた。

「ふぁ……んっ、桐人さん……」

「耳まで赤くして可愛い、秋華」

温かい手で素肌をなぞる間も、キスや甘い言葉がやまなくて、くすぐったいのに癖になる快感を覚える。

桐人さんは一旦唇を離し、はぁ……っと色っぽすぎるため息を漏らした。

「本当はずっとこうしたかった。一生俺しか愛せないように、身体にもしっかり刻み込ませて」

獣のような猛々しさと色気が混ざり合う彼に、緊張がピークに達する。やっと繋がれるんだ……と、恍惚《こうこつ》とした気持ちで再びキスを受け止めた時、身体がよろけた。

腰が砕けるとはこういうことなのだろうか、力が抜けてサイドテーブルにぶつかってしまった。バサッとなにかが落ちた音がして、一瞬現実に引き戻される。

「あっ……！　ごめんなさい」

上がった息を整えながら床を見下ろした私は、見覚えのあるものが落ちていることに気づいた。

以前、掃除している時に見つけたフォトアルバムだ。ページが開いて中の写真が覗いている。不可抗力でそれが視界に入った瞬間、私は目を見開いた。

「私の写真……？」

納まっていたのは、約一カ月前に水族館デートをした時の、私が水槽を見上げている写真。気づかないうちに彼が撮っていたらしい。

わざわざプリントしてアルバムにしまってあることに驚いていると、桐人さんは苦笑混じりに言う。

「ああ……バレたか。まあ、そろそろ打ち明けるつもりだったが」

なにかを隠していたような言い方をするので、惚けていた頭がみるみる冴《さ》えていく。

彼はおもむろにアルバムを拾い、「見ていいよ」と私に差し出してきた。

若干緊張しながら受け取ってページを捲《めく》ると、私の写真が数枚入っている。

なんだ、なにも変なものじゃなかった。むしろ、私の写真を大事に持っているなんて、愛されているのが伝わってきて嬉しい。

これを見られるのが気まずかったのかな、と思いながら捲っていたものの、徐々に異変に気づいた。

「え……えっ？　全部、私？」

水族館デートだけじゃない。他の場所に行った時や、シェーレの社食で働いている姿、どれも知らないうちに撮られていた私の写真だったのだ。

さらには、明らかに桐人さんと出会う前の、パーフェクト・マネジメントのレセプションパーティーでの写真なんかもある。今しがたの極甘なムードはどこへやら、さすがにギョッとして声をあげずにはいられない。

「しかもこれ、出会う前のじゃないですか⁉　なんでこんなの持って……」

「愛する人のことは全部知りたいと思うのが人の性だろう」

「そーいうことではなく！」

腕組みをしてさも当然のごとく言う彼に、思わずツッコんだ。

え、ちょっと待って……。いくら好きな相手でも、こんなに写真をコレクションする人って珍しいよね？　隠し撮りしているし。

まさか、桐人さんの本性って……。

ごくりと唾を飲んでアルバムと桐人さんを交互に見ていると、彼はどことなくダークな笑みを浮かべて語り出す。

「俺も秘密にしていたんだ、この性を。でも君が数日帰ってこなくなって、潮時だろうと思った。もし俺と離れることを考えているのだとしたら、そんなことは絶対にさせない。俺の愛をすべて伝えて、君を繋ぎ止めておかなければって」

一気に雰囲気が変わったような彼は、唖然《あぜん》として固まる私が持つアルバムに目線を向け、うっとりした表情を見せる。

「秋華があまりにも可愛いから、味気ない画像じゃなく写真に収めておきたくなってね。ひとりでいる間眺めていた。君が書いたメモもすべて残しているし、本音を言えば、君がくれたコーヒーの空き缶すら捨てたくないくらいなんだが――」

「捨ててくださいっ！」

間髪を容れずに言うも、彼はクスッと笑うだけ。そしてアルバムを指差し、「これは盗撮には当たらないし、隠れて撮ったわけでもないから安心して」と補足した。

そういえば、下着だったり人の家の中だったり、撮ってはいけないものを撮るのが盗撮というのだと、兄から聞いたことがある。今の言い方からして、社食での写真も堂々と撮っていたってことよね。ご飯を食べている最中によく他の人にバレずに撮れたな。

いやいやいや、問題はそこじゃない！と、若干バグり始めている頭を振る私に、桐人さんはふいに数カ月前の話をする。

「俺たちの関係が始まった時、『どうして平凡な私なんかを』と言った秋華に、俺がなんて返したか覚えてる？」

「あ……はい。『君が俺を変えたから』って」

「そう。秋華に出会うまで、自分がこんなに執着する男だとは知らなかった」

確か、『自分の中に眠っていた愛情が、秋華と出会って呼び覚まされた気がした』と言われたっけ。思い返すとなかなかすごい告白だったけれど、あれはそういう意味だったの!?

桐人さんは私の手からアルバムを取り、再びサイドテーブルに置いて話を続ける。

「君の好き嫌いはもちろん、本当は行動もすべて把握しておきたいし、他の男と接してほしくもない。そんな願望を露わにしたらそれこそストーカーになってしまうから自重しているが、俺の愛し方は普通より重いと自覚している。君に引かれないようにと、ずっと紳士のフリをしていたんだ。すぐに結婚して、逃げられなくしてね」

衝撃的すぎる事実の数々に、放心状態になる私。まさか、あの冷徹な仕事人間の八影社長が、私にこんな激重感情を抱いていたなんて！

でも、これまでのことを思い返してみれば納得する。四六時中一緒にいたがるのも、超能力者並みに私のすべてをリサーチしていたのも。絢を監視するのだって、そもそも私をよく見ていないとできないことだったんじゃないだろうか。

呆気《あっけ》に取られていると、彼は魅惑的な笑みを浮かべて私の腰を抱き寄せる。

「伝わったか？　俺がどれだけ君を愛しているか」

いや、思ってたのと違う！　ギャップがありすぎるし、一歩間違えば危ない男だし、喜んでいいのかどうなのか正直わからない。

「それとも幻滅した？　こんな煩悩だらけの男で」

動揺はしているけれど、その問いかけにはすぐ否定できる。

彼の本性を知っても、桐人さんへの想いは変わらないから。好きな人にここまで夢中になってもらえているのは幸せなことじゃないかとも思う。

「幻滅なんてしませんよ。私のこと、そんなに想ってくれて嬉しいです。あの……これからも、よろしくお願いします」

桐人さんと夫婦でいたい気持ちを表したくて、改まって頭を下げる。彼はほっとしたように表情を緩め、安堵のため息を漏らした。

「よかった。俺は君なしでは生きていけないから」

さすがに言いすぎでは、と思ったものの、優しくベッドに倒されて目を見張った。

こ、これは……さっきの続きをするの？

桐人さんは逃がさないというように指を絡めた手をシーツに押さえ、うっとりとした笑みを浮かべて私を見下ろす。その初めてのアングルは破壊力ありまくりで、心臓が飛び出そうなほど暴れる。

「離れることなんて考えさせないよ。死ぬまで目一杯愛すから。ずっと、ずっと一緒にいよう」

悦に入った様子の彼が紡ぐのは、究極の愛の言葉。でもなぜだろう、どこか暗澹《あんたん》とした危うさを感じるのは。

唇を塞がれ、愛撫《あいぶ》が再開される。ベッドに身を預けるとますます彼の声や指に集中させられて、意識がとろけそう。

そして桐人さんは服を捲り、ブラから覗く素肌に口づけた。少し強く吸われ、ちりっとした痛みが走る。

「んっ、今の……」

もしかしてキスマーク？　そんなところにつけられるなんて、すごくドキドキする。

「そう。俺のものだって印、全身につけたい。俺たちの関係も、どれだけ君を想っているかも、皆に周知させておきたいんだ。俺が離れている少しの隙を狙って、他の男が寄ってこないように」

　理性がどこかへ飛んでいきそうになる寸前、その言葉でふいに我に返った。このま一線を越えて、彼が今以上に私に執着するようになったらどうしよう、と一抹の不安がよぎる。

　もし会社でも溺愛されるようになったら、私の仕事に支障が出そうだ。行動をすべて把握しておきたいと言っていたし、今のキスマークの話からしても束縛がもっと強くなるかも。

　そうやってどろどろに愛されて、私自身も彼なしでは生きていけないような思考にさせられてしまったら困る。依存関係になるのは避けたい……！

　ぐるぐると考えているうちに、胸に直接触れられる快感と、首筋にさっきと同じかすかな痛みを感じた。

「あっ……ま、待って待って！」

　止めないと本当に至るところにキスマークをつけられそうで、咄嗟に彼の肩を押して制止してしまった。桐人さんは不安げにわずかに眉尻を下げる。

「やっぱり怖いか？　君が嫌ならやめる。無理強いはしたくない」

　安心させるように私の髪を優しく撫でてそう言う彼は、根っこの部分は本当に紳士的なのだろう。深く愛してくれているのはとっても嬉しいし、行為自体が嫌なのではないと、ぶんぶんと首を横に振る。私も桐人さんが大好きで、抱き合いたいって気持ちは変わりません。ただ……」

「ただ？」

「……だ、抱き合うことで、桐人さんの執着心が暴走してしまわないか心配で」

思いきって正直に不安を打ち明けた。彼は一瞬キョトンとした後、当然のごとくあっけらかんと言う。

「何度も頭の中で君にしてきたことが現実になるんだ。暴走させないほうが無理だろう」

「抑える努力をしましょうね⁉」

頭の中で私になにをしていたの？と野暮なことは聞かないでおく。

それより、やっぱり一線を越えるのは危うい。少なくとも今は、彼の行きすぎた愛情を抑える自信がないもの。

身体を起こした私は彼と向き合って座り、一旦気持ちを落ち着かせたくてひとつ息を吐いた。注意されてちょっぴりむくれる彼は可愛いけれど、ここは引かずに意見を通そう。

「それだけじゃなくて、私が桐人さんにどっぷり溺れちゃって仕事に支障が出たら困るなと思って……。だから、抱き合うのは適度な距離感を保てるようになってからにしませんか？」

私の言葉は予想外のものだったのだろう。桐人さんは眉をひそめた。

頭をフル回転させて言葉を選びながら口にしている最中に、ふとこの間和奏と話したワンシーンが蘇ってきた。

そうだ、今こそあの方法を試してみればいいんじゃないだろうか。いい夫婦関係を保ちつつ、依存しないで生活していけるかもしれない方法を。

「あの、提案なんですけど、ルームシェア婚をしてみましょうよ」

「ルームシェア婚？」

首をかしげる桐人さんに、私はさりげなく乱れた服を直しながら、それぞれ自由に生活する今時の結婚スタイルについて簡単に説明した。

一旦つかず離れずの距離を取って生活して、それに慣れてくれれば過度な執着もしないようになるんじゃないか、という期待を込めて。

片膝を立てて座る桐人さんは、難しい顔で顎に手を当てる。

「ルームメイト状態になるということか。それは、逆に夫婦関係が悪化するような気がするんだが」

「相手に依存や束縛をしすぎるのもよくないです。たとえ好きでも、それがずっと続いたら夫婦生活に疲れちゃいそうですし。私、また家を出ていくかもしれませんよ」

「今度出ていったら、捕まえて鍵をかけて閉じ込めておく」

「そーいうとこですよ」

苦笑混じりにツッコんでしまった。本当にやりかねない気がするけれど、冗談だと思っておこう。

こんなふうにベッドでざっくばらんに話すのは初めてで、なんだか新鮮な気持ちになる。

「私たちは私たちなりのルールを決めればいいと思うんです。例えばお金の管理や、食事は今まで通り一緒にして、寝室は別。休日の過ごし方もそれぞれで、時々デートの日を決めて出かけるとか。そうすればひとりの自由な時間も大切にできるし、愛情のバランスがうまく取れそうな気がしませんか」

結婚してから、仕事中以外ずっと一緒にいた私たち。恋人期間もほとんどなかったから、適度に離れる時間も必要なんじゃないだろうか。

あともうひとつ、前々から真剣に考えていたことがある。

「それに、人生なにがあるかわかりません。特に私は病気が再燃する可能性もあるし、桐人さんをひとりにすることになるかもしれない。万が一の時は、私に囚われないで生きていってほしいんです」

私の病気は直接命に関わるものではなくても、危険な合併症を引き起こす可能性はある。それでも一緒にいてほしいけれど、私の命が尽きた後まで縛りたくはない。

病気については桐人さんもよく理解しているだろう。やや苦しげな表情で「秋華……」と呟き、私の身体を抱き寄せる。

「考えたくはないが、もし君が死んだら、君の骨を抱いて俺も死ぬ」

「ダメですよ」

斜め上を行く発言に、口の端を引きつらせる私。彼は「それは半分冗談として」と、また引っかかるひと言を口にして、大切そうに私の髪を撫でる。

「なにがあっても、俺は君だけを愛している。決して囚われているわけじゃなく、死ぬまで君を愛することが俺にとっての幸せなんだ。秋華もそれを覚えておいて」

真剣な瞳と声色が胸に染み渡っていく。

彼の愛は重いけれど、一途で尊いもの。それは確かだと実感し、頬を緩めて「はい」と返事をした。

彼も柔らかな表情に戻り、納得したように頷く。

「わかった、秋華の言う通りにしよう。君の懸念材料は全部なくしたいから」

「ありがとうございます。じゃあ、一緒にルールを決めましょう」

桐人さんの隠された本性もすべてわかったことで、もやもやが晴れて気分がすっきりした。これから彼のタガが外れないようにコントロールしていくのも、ちょっと楽しみかもしれない。

謎のやる気が出てきてわくわくし始めていると、彼は艶めかしい手つきで私の背中から腰を撫でて口を開く。

「ルームシェア婚とやらを終えた時は、めちゃくちゃにされる覚悟をしておいて。適度な距離を保てるようになったとしても、俺の愛の重さ自体は変わらないから」

どこか陰のある笑みを浮かべる彼にドキリとする。

あれ、これ大丈夫かな……。

距離を取るのが逆効果にならないよね？と若干の不安を抱きつつも、いつか理想の夫婦になって、心の底から幸せな気持ちで彼と繋がれることを祈った。

正月気分が抜けてきた一月中旬、最愛の彼女目当てで社食に向かおうと廊下を歩いていた俺を、ひとりの男性社員が呼び止めた。

以前も食堂で相談したそうに声をかけてきた人物だ。それは構わないが、なぜいつもこのタイミングなのだろう。俺は一刻も早く彼女の顔が見たいというのに。

「先日の注射針の件ですが、社長のアドバイス通り町工場に交渉したところ、開発に協力すると返事をもらえました。ようやく次のステップへ進めそうです」

前回とは違い、達成感が滲む晴れ晴れとした表情をしている彼に、俺も小さく頷く。

「それはなによりです。では、あなたも工場の方々と心中する覚悟で取り組んでください ね」

「しっ、心中？」

「ええ。技術的なことは彼らに任せておけばいい、とでも思っていましたか？」

甘さも温度も感じられない目線を向けると、彼はギョッとした様子で硬直した。

別に怒っているわけでも、怖がらせているわけでもない。ただ、開発という長く厳しい茨の道を歩む覚悟を持ってほしいだけだ。

「我々は運命共同体なんです。工場の皆さんと常に寄り添い、知恵を出し合って難関に立ち向かわなければ製品化は実現できません。決して人任せにせず、苦渋を共にするつもりで粉骨砕身してください」

一ミリも表情を変えずに言うと、男性社員はぴしっと背筋を伸ばして「承知しました！」といい返事をした。

気合いを入れて彼が去っていくと、近くにいた女性社員のひそひそ声が耳に入ってくる。

「社長が冷たい目で〝心中〟とか言うと、なんかゾクゾクしない？」

「わかる～。Ｓみを感じる！」

どういうことだ。秋華にその単語を告げたら引かれる気しかしないが。

女心は理解に苦しむ……と思いながらも、早く彼女に会いたい気持ちに急かされ、再び社食に向かって颯爽と歩き出した。

愛しい妻の笑顔でやる気をチャージした後、この時期にしては暖かい日が差し込む午後の社長室に、弟の頼久が資料を持ってやってきた。自分のデスクに座ってそれをじっくりと眺める俺に、弟としてではなく薬事部の部長として意見する。

「改良したオープン型ＭＲＩの臨床試験結果がこちらです。これなら薬事申請に移れるレベルかと思うのですが、いかがでしょう？」

「そうですね……」

現在シェーレではいくつかの医療機器の開発や改良を行っており、オープン型ＭＲＩもそのひとつだ。俺自身もそろそろその段階だろうなと思いながら結果を確認していたが、ある部分に目が留まり「いや」と待ったをかける。

ぴくりと反応を示す彼に、画像の一部をペンで指し示して説明する。

「確かに以前より画質は向上していますが、この肩の辺りがやや見づらいですね。腱板の損傷を発見できない可能性があります。すべての病変を見逃さないＭＲＩを目標としているのに、それでは意味がありません。改善をお願いします」

閉塞感がなく閉所恐怖症の人でも受けやすいオープン型ＭＲＩは、トンネル型のものに比べて磁力が弱いため画質がやや粗くなるのが難点だ。そのため、わずかな異常が見逃されてしまう恐れがある。

シェーレでは従来の画質の劣化を完璧になくしたＭＲＩへ改良しようと試みており、概ねいいのだがまだ鮮明に写っていない部分がある。目指している域には達していないと判断してさらに改良を頼むと、頼久はあからさまに無念そうな顔で肩を落とした。

「くっそ～またダメか……。今回はいけると思ったんだけどな」

「甘い。もっと医学的な知識も頭に入れておけ」

「兄さんが異常なんだって。もう医者になれるレベルでしょ」

すっかり兄弟として接する俺たちだが、仕事の件については真面目に細かく話し合う。頼久はまだ経験を積んでいる最中だが、頭がよく要領もいいのでゆくゆくは俺の右腕になってくれるだろう。

話を詰めると、彼は部長の顔に戻って背筋を伸ばし、「わかりました。今話した点は技術部に伝えておきます」と返した。そして、応接ソファのほうに身体を向ける。

「稲森さん、お取り込み中失礼しました」

「いいえ。どんどんやり合ってください」

頼久はソファに座っているもうひとりの男性とも和やかに言葉を交わして、社長室を出ていった。実は今、この部屋にいたのは俺を含めて三人だったのである。

存在感を消して俺たちのやり取りを静観していた男は、頼久が出ていくとスーツを纏った長い脚を組んで話しかけてくる。

「八影社長は厳しいですねー、相変わらず。なのに、社員からのコンプラ的な相談はほとんどないんだから不思議ですよ。なにか秘策があるなら俺が教えてほしいくらいです」

苦笑いする彼は、シェーレの顧問弁護士である稲森皐月。三十歳という若さだが、問題解決能力に長けている優秀な人間で俺も信頼している。ついでに顔立ちも整っているいい男だ。

経営状況の確認をしに定期的にやってくる彼と話をしている最中、頼久がやってきたので中断していた。俺はデスクを離れ、彼の向かいのソファに移動しながら言う。

「当たり前のことしかしていませんよ。社員の頑張りを認めて相応の報酬を与え、そうできるような労働環境や制度を整えているだけです。製品の開発に厳しいのも当然。この仕事では妥協したら終わりですから」

俺が周りから、冷徹だとか血も涙もない人間だと思われているのは知っているし、あながち間違いではない。

医療の現場ではひとつのミスも許されないような緊張感を持って、医療従事者が患者と向き合っている。そこに俺たちが生み出す機器も深く関わってくると考えれば、妥協などできないのだ。

とはいえ、それはやる気のある社員がいなければ成し得ないこと。厳しく接しつつも、彼らの意見や彼ら自身を大切にする気持ちは忘れないよう心がけている。

最低限の言葉でそれが伝わったらしく、若き弁護士先生は口元を緩めて「なるほど」と頷いた。そしてリラックスした様子でソファの背もたれに背中を預け、堅苦しさのない口調で言う。

「会社ではこんな調子なのに、実はうちの妹命！みたいな男だって知ったら、皆腰抜かすだろうなぁ」

そう、この弁護士……皐月くんは秋華の兄である。顧問弁護士になったのは秋華と恋仲になるよりも前で、同じ苗字であることと妹の話の内容から、おそらく兄妹だろうというのは推測できた。

そういった間柄からも信頼しているので、プライベートな話も時々している。俺がどんな愛し方をしているか、秋華に打ち明けるより前から彼は知っていたので、交際を報告した時は椅子ごとひっくり返りそうなほど驚愕《きょうがく》していた。

なので、彼の言う通り秋華命なのだと全面肯定しておく。

「そうですね。秋華がいなければ生きていけませんし、彼女のためなら死ねます」

「重っ！」

表情は変えずに本心を口にすると、皐月くんは遠慮なくツッコんで口の端を引きつらせた。

「そこまで想われたら普通に怖いから。写真何枚も撮ってる時点で怖いけど」

「あれは盗撮には当たりませんよね、弁護士先生」

「そーなんだけどね!? 犯罪かどうかじゃなくて、桐人さんの趣味というか性癖というかが問題で」

フランクな口調になって率直にものを言う彼は、普段のきりっとした弁護士から妹を気にかける兄の顔に変わっている。

秋華との交際を告げた時、弁護士の勘が働いたのか『まさか盗撮とかしてないでしょうね？』と聞かれ、俺は正直にあのアルバムを見せた。皐月くんは今より引いた顔をしながらも、『セーフですね……』と言っていた。

勘違いしないでほしいのは、決して性的欲求を満たしたいなどという下心から写真を撮ったわけではないということ。ただただ秋華が愛しくて、彼女がそばにいない時も写真を見れば心が安らぐからだ。

「趣味でも性癖でもありませんよ。私がこうなるのは、ずっと見ていたくなるほど可愛い秋華に対してだけですから。綺麗な花を見たら、写真に収めたくなりませんか？ それと同じです」

「たぶん同じじゃない」

この部屋に飾られた、先日の創立記念でいただいた花を一瞥して微笑むと、皐月くんは複雑そうな顔で軽く首を横に振った。

以前も『そんなにあいつのことが好きですか……』と、若干理解できないといった調子で言われたが、彼は俺たちの交際を反対するでもなく見守ってくれている。秋華にも俺の秘密は内緒にしてくれていた。

「でも最近、反省したんです。愛し方を変えないと、彼女を困らせてしまうだけだと気づかされる出来事があったので」

秋華が実家に帰ったまま戻らなかったあの日、彼女の異変を察知して気が気ではなかった。

俺の目の届かないところで、つきまとっていた白鳥さんがなにかするのでは、という不安もあったが、秋華が俺から離れようとしているのかもしれないという漠然とした焦りもあって。

なぜって、頬に触れようとして拒絶されたのは初めてだったから。俺のことが嫌になったのか？　もしそうだとしたら……離婚を切り出される前になんとしてでも気持ちを繋ぎ止めておかなければ。

焦燥に駆られ、彼女が退勤した頃を見計らって迎えに行くと白鳥さんが絡んでいたので、言い方は悪いがタイミングがよかった。秋華を守り、家に連れ帰ることができたのだから。

結局、彼女が悩んでいたのは俺の父との会話が主な原因だったようだが、俺はもう自分を抑えておくことができそうになかった。すべてをさらけ出しても、彼女なら受け止めてくれるのではないか。受け止めてほしい、という自分勝手な期待を持って本心を打ち明けたのだ。

今思えば、そこで引かなかった秋華には感謝しかない。ルームメイト状態になろうと提案したのも、俺とよりよい夫婦関係を築こうとしてくれているからだ。こんなに寄り添ってくれる女性は唯一無二だろう。とはいえ、四六時中一緒にいられないのは震えるほど寂しいのだが。

すると、皐月くんはピンときた様子でやや前のめりになる。

「『反省した』って、もしかしてこの間秋華がうちに帰ってきた時ですか？　なんとなく様子が違ったんで、あなたとなにかあったかなと思っていました。あえてなにも聞かなかったけど」

「さすが、鋭いですね。あの後から、試しにルームシェア婚を始めました」

眉をひそめる彼にかいつまんで経緯を説明しながら、ふたりで話し合って決めたルールを頭の中で再確認する。

食事はタイミングが合えば一緒にするが、そうでない時は別々に済ませ、寝室も別。できる限りしていた秋華の送迎も、大丈夫だとやんわり断られてしまった。本当に同じ家に住んでいるだけで、なにをするかはそれぞれという不思議な状況だ。

確かに、秋華に対する俺の愛情は止めないとどんどん増すばかりだろう。なんでもしてあげたいし、欲しいものはすべて与えてあげたい。そうやって自分の欲望のままに進んでいたら、彼女をダメにしてしまうという自覚はある。

むしろ俺は、俺がいないと生きていけないと言わせたいくらいなのだが……そういうところが問題なのだろうから、心の中だけに留めておく。

だから、秋華が少し距離を置きたいと言った気持ちも理解しているし、承諾したのだ。ただ、それで本当に夫婦関係がよくなるのかは、一週間が経った今もまだ懸念している。

別々の生活をしていて、もし彼女の気持ちまで離れてしまったら？　それが一番恐れていることだ。

「ルームシェア？」

仕事柄、いろいろな夫婦の形を知っているであろう皐月くんは、俺の話に特別驚いてもいない。

「ああ、共生婚ってやつですか。今わりといるんですよね、そういう選択をするカップル。結婚してもお互いに干渉しない関係だから気楽なんでしょうけど、最初はよくても後々トラブルになって相談に来る人もいます」

「一緒に暮らしているうちに不満が出てくることは多いでしょうね。どの形式の結婚をしても、それは同じのような気がします」

普通に恋愛結婚をしても、うまくいかないカップルはたくさんいる。俺と秋華はどうなるのか、それは俺たち自身の向き合う努力と、お互いを思いやる心に懸かっているのだろう。

「他人が家族になるっていうのは難しいものですよねぇ……。でも、なんとなく桐人さんたちは今の状況がプラスになるんじゃないかなって思います。お互いにいい関係を築こうと、あれこれ試している最中なんだろうから」

意外にも前向きな言葉をくれる皐月くんは、こちらに温かな笑みを向ける。

「桐人さんは純粋に秋華を想ってくれているんでしょう。俺が見てきた限り歪《ゆが》んだ愛ではないと思うので、引き続きふたりを見守りますよ。女性社員のつきまといも、あなたじゃなければ早く気づけなかったでしょうし、最強のボディーガードでもありますよね」

白鳥さんが秋華につきまとっていた件について、実は皐月くんに相談していた。バックに弁護士がついているというのはなにかと心強く、対処についてもあれこれ聞くことができたのでありがたい。

あれ以来、白鳥さんはすっかりおとなしくなって、秋華にも俺にも話しかけてくることはなくなった。嵐の前の静けさなどでなければいいが、念のためしばらく注意しておくつもりだ。

「秋華に悪さをしようとする者は排除しますので、ご安心を」

「なにとは言いませんが、くれぐれも気をつけてくださいね……」

口元を歪ませて忠告した皐月くんは、すぐに真面目な面持ちになって俺を見つめる。

「桐人さんのこと、信じてます。これからも秋華を幸せにしてくれるって」

彼の言葉を、改めて胸にしっかりと刻む。

皐月くんだけでなく、秋華のご両親も大事な家族を俺に託してくれたのだ。この約束は必ず守ると誓い、「もちろんです」と力強く返事をした。

ルームシェア婚を始めて、約二週間が経とうとしている。

朝も夜も時間を合わせることがなくなったため、ひとりで食事をする日が増えた。俺が起きるとすでに秋華の姿がない日もあり、その逆もある。彼女と暮らすようになるまでそれは当たり前だったのに、今はとても寂しい。

土日はふたりとも休みだが、俺はやらなければいけない仕事がたくさんあり、秋華も実家に帰ったり友達と会ったりと、昼間は別行動をしている。

俺は多少無理をしてでも秋華と過ごす時間を取ろうとしていたが、彼女にしてみればもっと自由が欲しかったかもしれないと最近は思う。

しかし、急に離れる時間が多くなればもちろん不安にもなる。これまで常に一緒にいることで他の男と接触する機会もなくせていたのに、それもできなくなってしまうのだから。

勝手にGPSでも入れてしまおうかと、彼女のスマホに手を伸ばしそうになったものの、さすがに自重した。例のアルバムを見てその衝動を抑え、寂しさや不安を紛らわせているのは内緒だ。

ただ、お互いが家にいる時は、挨拶とキスだけは必ずするようにしている。このスキンシップさえもしなくなったら本当に夫婦とは言えなくなってしまう気がして、ルールの中に入れておいた。

それは秋華も同じ考えだったらしく、このわずかな触れ合いを大事にしてくれているように思う。一日の終わりに彼女のぬくもりを抱きしめて唇を重ねると、それだけでとても幸せなことだと感じられるようになった。

そして今夜は、タイミングが合ったので一緒に晩酌をしている。ふたりでソファに座ってまったりと過ごすのも久々で、こうする時間も今ではとても貴重なものだ。

ワインを嗜《たしな》む秋華は、風呂上がりのせいもあってほんのり頬が染まっていて色っぽい。今すぐ抱きしめて食べてしまいたい衝動を、ポーカーフェイスで隠してなんとか堪えている。

「あっ。今度の土曜日、和奏と麗さんと三人で日帰り温泉に行ってきます。夕飯も食べてくるから、帰りは夜になるかな」

楽しみな予定が入ったらしく、秋華がわくわくした様子で告げてきた。

和奏さんは秋華が仲よくしている同僚で、麗さんは確かパーフェクト・マネジメントの不破社長の奥さんだったよな。よく三人で会っているようだが、温泉に行くとは珍しい。

それはまったく構わないが、帰りが夜になるというのを聞くと無性に不安になる。

こういう時も干渉しないという約束とはいえ、女性が夜にひとりでいるのは普通に危ないだろう。

「迎えに行かなくて大丈夫か？　酒も飲むんだろう」

「大丈夫です。タクシーを使うつもりだし、べろべろに酔ったりしませんから」

眉をひそめる俺に、秋華はクスッと笑って答えた。まあ、子供じゃないのだしちゃんと用心しているよなと頷きつつも、「あまり遅くならないように」と口酸っぱく注意してしまった。

自分でもつくづく心配性だなと呆れる。決して疑うわけではないが、やはり俺の知らないところで男性と会っていたりしないかと気になってしまうし。こうなるのは秋華に対してだけなのだが。

「心配ですか？　本当に女子だけなのかなって」

黙考しながらワイングラスに口をつけると、彼女が俺の顔を覗き込んで問いかけてきた。……見抜かれている。

「疑ってはいない。気になるだけで」

「それは疑ってるってことなのでは？」

「違う」

妙な水かけ論になり、秋華は苦笑いした。そして俺の左手に両手を重ね、まっすぐこちらを見つめて言い聞かせる。

「桐人さん以外にふたりで会いたい男性なんていませんよ。私を信じて、待っていてください」

そう言われてはっとした。干渉しすぎるのは、彼女を信頼していないことに繋がるのではないかと思わされて。

やっぱり自分を改めなければいけないな。俺は秋華を縛りつけるのではなく、心の底から幸せを感じさせてあげたいのだから。

細い手を取って微笑み、穏やかなキスをする。愛しさを込めて頭を撫で、「楽しんでおいで」と声をかけると、彼女も頬をほころばせて頷いた。

秋華を束縛しすぎてはいけない。そう反省した翌日、社食で彼女が男性社員から絡まれているのを目撃した俺は、あっさり焦燥が勝ってしまった。秋華も楽しそうに笑顔を見せているし、見過ごすわけにいかない。

昨日の反省はどこへやら、けん制しておかなければとすぐさまその場へ向かうと、彼女に話しかけているのはわが弟。他人ではなかったのでほっと胸を撫で下ろす。

「なんだ、頼久か。秋華に馴れ馴れしくする男はすべてチェックしているから気をつけろよ」

「いや、怖っ」

「もう桐人さん、そんなことしてたんですか？」

引いている頼久に対し、秋華はやや呆れた調子で笑った。マスクでほとんど隠れているが、嫌そうでないのはわかる。

おそらく頼久も、俺の本性にはうっすら感づいていただろうな。

「兄さんのネクタイピン、センスいいねって話してただけだよ。秋華さんからのプレゼントなんでしょ」

今日もネクタイにつけている小さなハサミを指差され、俺は頬を緩めて「ああ。宝物だ」と答えた。

秋華からもらえるものはなんだって嬉しいが、クリスマスプレゼントは驚きもあってより感激したのだ。もちろん毎日身につけている。

「兄さんは絶対自分じゃ選ばないデザインだもんね。女性社員の中でちょっとした話題になってたみたいだよ。『お相手がいるんじゃないか』って」

「そうだったんですか。じゃあ、抑止力になってたわけですね。桐人さんが誰かに取られなくてよかった」

ほっとしたように笑う秋華に、俺の胸がぎゅっと締めつけられるのを感じた。

ああ……なんて可愛いんだ。どうしようもなく好きだ。今すぐ抱きしめてキスをして、至るところにマーキングしてしまいたい。

そんな煩悩で一杯になり、片手で口元を覆って今にも出そうな本音を堪える。頼久は内心悶える俺の顔を覗き込み、「どうした、急に」と不思議そうにしていた。

白鳥さんの一件の後、早々に結婚を公表した。それ以来、俺は以前よりかは会社でも甘さを見せるようになったが、やはりふたりきりでないとこの愛を存分に伝えられない。

「秋華……早く帰ってきてくれ」

「へ？　あ、はい」

なんとか平静を保って言うと、彼女は意味をわかっていないだろうが、純真な笑顔を浮かべて素直に返事をした。

いつか俺の愛の重さが人並みになるのか、今はまだ疑わしい。

ルームシェア婚を始めてから約二週間、私たちは少しずつ変わってきた気がする。

主にいいほうに。

まず食事。これまで知らなかったのだが、桐人さんは夜に会食が入りそうになると意地でもずらしていたそうで、そんなに私を優先していたのかとお相手の方に申し訳なくなった。なので今は、仕事や予定があって家にいない時は無理に合わせたり待っていたりせず、それぞれ済ませることにしている。

時間が合った日に一緒に食事をすると、今まで以上に会話も弾むし、料理を作るのも義務感より楽しさが上回るようになった。

出退勤も別々にしたので、周りの目を気にしなくて済む。もちろん、隠し撮りも禁止に。

例のアルバムには私の寝顔を激写されたものまであったので、今後はやめるよう丁重に釘を刺しておいた。まあ、寝る時も部屋を別にしたので、もう寝顔を撮られることはないけれど。

改めて気づいたこともある。掃除や洗濯は以前から桐人さんも手が空いた時にしてくれていて、それが改めて助かっていると感じたこと。顔を合わせて普通の挨拶をしたり、なにげない会話でも言葉を交わすのは大事だということ。

ふたりで必ずしようと決めた、おはようとおやすみのキスも。夫婦仲を保つためにスキンシップは欠かさずしたいし、いい習慣はずっと続けていきたい。

そうして早くも一月下旬に入った土曜日、いつもの女子三人組で湯河原《ゆがわら》温泉にやってきた。雪化粧した立派な富士山が見え、レトロなお店が立ち並ぶ温泉街はとても風情がある。

和奏たちと温泉に入るのは初めてで、ちょっぴりドキドキしたけれど入ってしまえば極楽だ。ちょうどいい湯加減で、素敵な景色が望める露天風呂にゆったり浸かりながら、私はふたりが聞きたがっていたここ最近の驚愕のエピソードを話した。

衝撃的な事実のオンパレードにふたりは目を白黒させたり、のけ反ったりと大きなリアクションをするので面白い。すべて打ち明けた今、和奏が片手で目元を覆って天を仰いでいる。

「アカンて……あの八影社長が……まさかのヤンデレやったなんて～！」

「それ言わないようにしてたのに」

数々の病み気味な発言を聞いて、私も思っていたけれども。ここだけの秘密だと念を押すと、ふたりは「『なんとなく人には言えないから大丈夫』」と声をそろえた。

色白で綺麗な肩にお湯をかけながら、いまだに呆気に取られている麗さんが言う。

「同性のストーカーにもびっくりしたけどね。深刻な事態にならなくてよかったよ」

「ホンマやで。まあ、おかげで社長との関係も公にできたし、本性も知れたし、ええきっかけになったんとちゃう？」

「そうだね……」

和奏の言う通り、お正月休みを終えたシェーレでは、私たちが結婚している事実が大ニュースとなってあっという間に広まった。桐人さん自ら発表したからなのだが、無表情で宣言しながらも内心はとっても嬉しそうにしていたのを私は知っている。

ストーカーの一件以来、絢の姿は社食では見ていない。彼女が今どんな心境でいるのか、想像すると怖いのでやめておく。

会社での桐人さんは相変わらず冷徹なイメージを崩さないものの、私と話す時だけほんの少し甘い表情を見せるようになった。社員の皆さんはレアな一面に尊さを感じているようで、プライベートはさらに別人だということはまだ知らない。

恋愛にまったく無関心そうで、滅多に笑みを見せない仕事人間の桐人さんもやっぱりカッコいい。でも、私の前でだけ重すぎる愛を露わにする彼も、実はちょっと癖になりそうな魅力があるのでいけない。

ルームシェア婚を試しているのは、日常生活に支障が出そうなほど深い愛の沼に、自分がハマりすぎないようにするためでもあるのだ。結局私も桐人さんが相当好きってことよね、と考えていると、それを読み取ったかのごとく麗さんが口を開く。

「そこまで激重感情を向けられたらちょっと引いちゃいそうな気もするけど、嫌にならなかった秋華ちゃんは本当に彼が好きなんだね」

「あはは、ですね。他の人だったら引いてたかも。桐人さんだからよかったんです」

「私も顔のいいヤンデレは大好物やで」

ニヤッとして口を挟む和奏に「だから、ヤンデレって言わない」と注意しつつも、確かにビジュアルも大事だよなと正直思ってしまった。けれど一番は、彼が私を大切にしてくれているかどうかだ。

「ちゃんと愛されてることがわかって、ほっとした気持ちのほうが大きかったんだよね。いろいろ悩んでたから、理由がわかってすっきりした。紳士的で完璧なだけじゃない部分を見せてくれて、自分も素を出せるようになったし」

そう。距離を取り始めて、改めて自分を見直すこともできたような気がしている。

「今までは彼に釣り合うようにしなきゃとか、嫌われたくないって思いが強くて、気を遣いすぎてたんだってわかった。こうやって出かけるのも、なんとなく悪い気がしてできなかったたし。旦那様の彼を優先するのは当たり前なんだけど、遠慮しすぎてたなって」

私が勝手に気後れしていただけなのだが、完璧な彼に合わせようと多少無理をしていた。

本当は忙しい時も食事は手作りにして、お風呂も彼の様子を窺《うかが》って時間をずらし、逆に寝る時はどんなに眠くても彼と同じ時間にベッドに入っていた。よき妻でいようと猫を被っていたところもある。

「でも今は、本音を言えるようになったし自然体でいられる。なんか、結婚生活がすごくラクになったかな」

あっけらかんと笑って伸びをする私を、ふたりは物珍しそうに見ている。

「不思議なもんやなぁ。距離を取ってる今のほうが、生き生きしてて夫婦仲もうまくいっとるなんて」

「こういうこともあるんだね。まだ結婚したばっかりなんだし、ふたりにとって一番いい付き合い方を探していけばいいよね」

「せや。これから式も挙げるんやろ？　その頃にはお互いの全部を受け入れられるようになってるとええな」

温かく見守ろうとしてくれるふたりに、頷いて笑みを返した。

和奏の言う通り、桐人さんの仕事が落ち着く五月に結婚式をする予定で動いている。準備を進める中で価値観の違いも出てくるだろうし、そういう部分でもお互いの意見を尊重してうまくやっていきたい。

ただ、桐人さんの本性がわかった今も残っている謎がある。それを思い出して、なんとなく小声で話す。

「でも、ひとつわからないことがあるんだよ。桐人さん、出会う前にパーフェクト・マネジメントでやったレセプションでの私の写真を持ってたんだけど、なんでだと思う？」

「え、怖っ」

「うーん……」

即座に和奏が真顔で呟き、麗さんは微妙な笑みを浮かべて視線を宙に向ける。やっぱりね、そういうリアクションになるよね。

皆であれこれ推理をしてみたものの明確な答えは出ず、結局写真の入手方法はわからなかった。が、これは謎のままにしておいたほうがいいのかもしれない。

——ルームシェア婚を始めてから早くも一カ月が経とうとしている。

一緒に夕飯を食べるのは、だいたい週に四日ほど。以前は毎日だったけれど、桐人さんが私に気を遣わず仕事をするようになったことでこのペースになっている。

基本自由に過ごしているので、自分のために使える時間が増えて趣味や美容にあてられるようになった。かと言って桐人さんと過ごす時間をまったく取らないわけではなく、気ままに一緒にテレビを見たり晩酌したりもする。

彼がどう感じているかは正直わからないけれど、私的にはとても快適で夫婦仲もなかなかうまくいっていると思う。彼の過保護さや重い発言は相変わらずだが、過剰に干渉や束縛をすることはなく人前でも普通に接しているので、これがデフォルトになることを願う。

普通の夫婦の距離感になってきたところで、日曜日の今日は約一カ月ぶりにデートをすることにした。

家を出る時間を決め、自分の部屋で準備をして、待ち合わせするかのごとくリビングで会う。メイクやヘアアレンジをいつも以上に丁寧にして、チェック柄のロングスカートにテーラードジャケットを合わせた大人っぽいファッションにしてみた。

桐人さんもジャケットを羽織ったモノトーンコーデで、当然ながらとってもカッコいい。デート仕様の彼を見るのも久々なので、顔を合わせた瞬間から見惚れていると、私を見つめる彼の口からも自然な調子で「すごく可愛い」とこぼれて嬉しくなった。

今日はお互いに気になっていた映画を見に行く。なんだか新鮮な気持ちで玄関を出た直後、足を止めた桐人さんがやや遠慮がちに問いかける。

「手は繋いでいいのか？」

距離感はこれでいいのだろうかと、探り探りなのがわかる。キスは毎日しているのに、手を繋ぐ許可を求める彼がおかしくて、私は「もちろん」と笑って自分から指を絡めた。

手を繋いで歩くだけで、軽やかに胸が弾む。付き合いたての恋人同士みたいな感覚を味わいながらエレベーターに乗り込むと、桐人さんがふいに口を開く。

「昨日、なかなか寝つけなかった。今日が楽しみで」

「えっ」

「子供みたいで笑えるだろう。君と出かけるのが久しぶりだからって、年甲斐もなく浮かれて」

苦笑を漏らす彼の横顔は、ちょっぴり気恥ずかしそう。こんな桐人さんの表情はレアで、胸がきゅーんと締めつけられた。

私は緩む口元を隠さず、首を横に振る。

「ううん、私もすごく楽しみだったから嬉しいです。今、結構ドキドキしてるんですよ」

私も照れ笑いを浮かべてさらに腕にくっつくと、頭上から深いため息が聞こえてきた。顔を上げると、彼はなにか悩むようにもう片方の手を額に当てている。

「……こんなに可愛い子が俺のものなんだって見せびらかしたい気持ちと、今すぐ引き返してもう出られないくらいぐちゃぐちゃに愛したい気持ちとの葛藤が」

「引き返しはしませんよ」

欲望を一切隠さない彼に、食い気味にきっぱり返して笑った。こんなやり取りすらも楽しい。

カフェで軽くランチをしてから、天気がいいのでみなとみらいの街をぶらぶらして映画館へ向かった。私たちが選んだのは医療ドラマの劇場版。元々好きなジャンルなのだが、シェーレで働き始めてからますます興味が湧くようになった。

映画の内容は期待通りのもので、のめり込んで見ていたので約二時間はあっという間だった。暗い中、時々顔を近づけて小声で話す瞬間にドキッとしていたのは秘密にしておく。

映画館を出た今、午後五時半を過ぎたところ。すっかり夕闇に飲み込まれた二月上旬の街は寒さも厳しいけれど、繋いだ手は温かいし心もほくほくしている。

「やっぱり面白かった〜！　見てよかったですね」

「ああ。最後に使ってたあの器具が実際にあったら、医療はかなり進歩するだろうな。作るか」

「作れるんですか⁉」

そんなＤＩＹみたいな調子で言っちゃうのね、と目をしばたたかせる私に、桐人さんは茶化すように口角を上げた。でもこの超優秀な社長様がいる会社でなら、いつか本当に現実にできるんじゃないかと思えてしまう。

改めてすごいお方の隣にいるんだよなと実感していると、彼は腕時計を見て問いかける。

「少し早いが、夕飯はどうする？　秋華が食べたいものがあればそれにしよう」

「あっ、桐人さんを連れていきたいお店があるんです。そこでもいいですか？」

「もちろん。君がすすめるものなら、草でもゲテモノでも——」

「行きましょう!」

最後まで言わせずに彼の手を引っ張って歩き出す。たぶん、おそらく冗談……であってほしい。

身体が冷え切る前にやってきたのは、以前兄に連れられて入った焼き鳥屋。路地裏にある隠れ家的なお店で、安くてとっても美味しい焼き鳥が食べられるのだ。

温かみのある明かりが灯る和食屋のような外観で、入り口には暖簾と赤い提灯がぶら下がっている。カラカラと引き戸を開けると炭火のいい香りが漂ってきて、こぢんまりとした店内はサラリーマンらしき人たちで賑わっていた。

幸いカウンター席が空いていたのでそこに腰かけ、さっそくビールと焼き鳥の盛り合わせを頼んだ。私がこのお店を選ぶとは思わなかったのか、桐人さんは終始意外そうな顔で壁にかけられたメニューを見上げている。

「焼き鳥屋も久々だ。安い……」

「でしょう。ここ、最初にお兄ちゃんが連れてきてくれたんですけど、お値段以上なんですよ。こういう綺麗すぎないお店も居心地よくて好きなんです」

話しているうちにすぐビールが出され、控えめに乾杯して口をつけた。続いて手渡された焼き鳥は、弾力があるのに柔らかい鶏肉に甘辛いたれが絡み、香ばしい香りが鼻を抜けてとっても美味しい。

桐人さんも舌鼓を打ちながら、「お店で食べる焼き鳥ってほんと美味しい〜」と唸《うな》る私を微笑ましげに見ていた。そして、ビールをひと口飲んでグラスを置き、ゆっくりと口を開く。

「……俺はとことん身勝手な男だな。君にいい男だと思われたくて高級な店ばかりに連れていっていたし、余計なプレゼントみたいに愛情を押しつけて自己満足していた」

反省しているような調子で語るので、私は全然嫌なわけではなかったのだと伝えようとするも、彼は話を続ける。

「この間、秋華が温泉に出かけると話していた時、『私を信じて、待っていてください』と言われて気づいた。君の行動をすべて把握しようとしたり、俺のそばに縛りつけておきたかったりするのは、君を信頼していないことと同義なんじゃないかと」

桐人さんの言葉に私自身もはっとさせられた。

信頼されていないとは思わなかったし、嫌みを言ったつもりも毛頭ないのだけれど、確かに疑心を抱きすぎると必要以上に干渉してしまったりもするだろう。

彼は「適度に距離を取るっていう、秋華の提案は正解だったよ」と口角を上げ、残りのビールを喉へ流し込んだ。

お互いの心が少しずつ釣り合ってきているのを感じながら、私も自分を振り返って正直に打ち明ける。

「私も、桐人さんの妻として相応しい女になりたくて背伸びしてました。自分に自信がなかったから、無理してでも合わせないと愛想を尽かされちゃうかもって不安だったんです。今は、桐人さんの愛はそう簡単に冷めないってわかりましたけど」

「その通りだ」

自信満々で頷く彼に、ふふっと笑いがこぼれた。こんなに愛してくれる人と一緒になれたのは、やっぱり幸せなことだ。

「これまで桐人さんがしてくれたこと全部、嬉しかったし大事なものなんです。だから、身勝手なんかじゃないですよ。これからもふたりでたくさん思い出を作っていきましょうね」

にこりと微笑みかけ、晴れやかな気分で追加のビールを頼んだ。

直後、カウンターの上で手を重ねられ、ぱっと振り向くと彼の情熱的な瞳に捉えられる。

「……やっぱり君はなにより愛おしくて、触れたくてたまらない。もっと、奥のほうまで」

私にだけ聞こえるように囁かれた低く艶のある声に、心臓が大きく脈打った。

今の自分なら、彼の愛も欲情も受け止められる気がする。だって、私の気持ちも同じところにあるから。

店内のざわめきがどこか遠く感じるほど、自分の鼓動がうるさい。熱くなる顔を俯かせて「……私も」と答えると、重なった手にさらに指が絡められ、おそろいの結婚指輪がきらりと輝いた。


それからしばらく焼き鳥の味がわからなくなったものの、適度にお酒が進むと徐々に緊張は解れていった。午後八時になる前にお店を出て、タクシーに乗るために大通りへ向かう。

それほど酔っているわけでもないのに、ふわふわと地に足がついていない感覚を覚えるのは、今夜への甘くて赤裸々な期待のせいだろう。

桐人さんにぴったりくっついて歩き、人通りの多い道に出た時、「きゃっ⁉」という女性の小さな悲鳴とざわめきが聞こえてきてびっくりした。

声がしたほうに目を向けると、騒然とする人々の間から歩道でうつ伏せに倒れている人物が見え、私はひゅっと息を呑む。

「えっ、誰か倒れてる⁉」

「まずいな」

眉をひそめて呟いた桐人さんは、躊躇《ちゅうちょ》せず人だかりに向かって駆け出した。私も後を追うと、彼は「すみません」と人を掻きわけて倒れている細身の男性のそばにしゃがみ込む。

仰向けにされたその人は四十代後半くらいで、顔色が悪く目を閉じていて意識がなさそうだ。桐人さんが軽く肩を叩き、「大丈夫ですか？」と耳元で大きく声をかけるも、ぐったりとしていてなにも反応がない。

彼は呼吸を確認しながら、そばでスマホを耳に当てている若い女性を一瞥して声をかける。

「救急車は？」

「今、呼んでます！」

その答えに頷いた彼は、心臓マッサージをする姿勢を取りながら、今度は私に指示を出す。

「秋華、すぐそこのコンビニにＡＥＤがある。持ってきてくれるか？」

「わかりました……！」

桐人さんの迅速な対処に目を見張りつつ、私はすぐに走り出した。

人が倒れる場面になんて初めて遭遇した……心臓がドクドクと鳴っている。怖さと焦りで酔っていることも忘れ、いつも通り平和なコンビニに勢いよく駆け込む。店員さんは何事かと驚きながらも、ＡＥＤの貸し出しを即了承してくれた。

それを持って戻ろうとした時、コンビニにやってきた男性とぶつかりそうになって咄嗟に避ける。段差に気づかず踏み外して転びそうになり、なんとかバランスを取ろうとして足を捻ってしまった。

「いったぁ……！　もう、こんな時に」

足をつくたび痛みが走るけれど、それより早く届けなければいけない。片足をかばって急いで現場に戻ると、桐人さんは男性の胸の真ん中を重ねた両手で強く押し、圧迫し続けていた。

彼の隣にしゃがみ、ずっと前に学校で習った使い方を思い返してＡＥＤの蓋を開く。桐人さんは「ありがとう」と言い、慣れた様子でそれをつけるための準備を始めた。

心肺蘇生を始めて二分ほど経った頃、ふいに男性の身体が動き、息を吹き返したように見えた。直後に救急車が到着し、救急隊員に桐人さんが状況を説明すると、男性を乗せてあっという間に病院へ向かっていく。

救急車が来るまで十分もかかっていないはずだが、ものすごく長く感じた。サイレンを鳴らして去っていくそれを見送り、深く息を吐く。

「大丈夫ですかね……」

「意識が戻ったようだったから、ひとまず安心だろう。手伝ってくれてありがとう」

桐人さんの表情もほっとしている様子で、私は「よかった」と心からの声をこぼして肩の力を抜いた。

安堵すると、桐人さんの頼もしさへの感動がじわじわと込み上げてくる。あの状況でも冷静かつ迅速に対処して命を救った彼は、人としてものすごくカッコよかった。

それに、すべてのコンビニがＡＥＤを設置しているわけではない。あの店舗にあると知っていたことも重要だっただろう。

人がまばらになって騒然としていた現場が日常に戻っていく中、隣の彼に尊敬の眼差しを向ける。

「桐人さんがいなかったら、こんなにスムーズに救命処置はできなかったと思います。どうしても焦っちゃって」

「俺はＡＥＤ使い慣れているから」

「あ、そっか！」

そうだ、シェーレでもAEDを作っているんだった。確かに一般の人よりは慣れていそうだけれど、通行人がたくさんいる街中で咄嗟に行動する勇気がなかなか出ない人もいるんじゃないだろうか。

「緊急時の心肺蘇生は、素人が唯一できる医療行為だ。怖いだろうが、こういう時ためらわずに皆ができるような機器に改良していかなきゃな」

仕事中の熱心な目をする彼を、胸を熱くして見つめる。人の命を助けられるのは医者だけじゃないのだと思わされる。

桐人さんの瞳はすぐに優しいものになり、私を見下ろして「帰ろうか」と声をかける。頷いて歩き出そうとした時、右足に強い痛みが走って思わず声をあげた。

「痛っ……！」

「どうした？」

「さっき、コンビニから出る時に捻っちゃって。いたたた」

さっきまでは必死でそこまで気にならなかったけれど、今になって結構な痛みを感じてうまく歩けない。やむなく桐人さんに寄りかかる私を、彼はしっかりと支えてくれる。

「悪い、俺が急かしたから」

「いやいや！　私がおっちょこちょいなだけですよ」

なにも悪くないのに謝る彼に明るく笑い返す。本当にドジだな、私。湿布で治るといいのだけど。

そんなふうに軽く考えていたら、ひょいっと抱きかかえられて「えっ⁉」と声が裏返った。こんな街中でお姫様抱っこをされるなんて！

注目を浴びているのがわかり、恥ずかしくて顔を覆いたくなる。桐人さんはビジュアルがいいから王子様みたいに見えるだろうけれど、私はただの平民なので……！

女性の黄色い声がかすかに聞こえる中、すぐに近くのベンチに下ろしてもらえた。

桐人さんは私の前に跪《ひざまず》き、「脱がすよ」と声をかけてショートブーツを履いた足を優しく持ち上げる。

またしても王子様の構図で、なんだかエロく感じる言葉を口にするものだから、私の脳内には十八禁の妄想が広がる。が、彼はいたって真剣に靴下も脱がせた私の足首を観察する。

「少し腫れてるな。骨や靭帯《じんたい》に異常がないか診てもらったほうがいい。今から白藍《しろあい》へ行こう」

「はい……って今から!?」

後日の話かと思いきや、すぐに行く気らしいので私は戸惑った。

白藍というのは県外にも名の知れた総合病院で、優秀な医師が多いと有名だ。かく言う私も、病気で入院していた頃からお世話になっているし、対応のよさは重々わかっているけれど……。

「夜間救急にかかるほど酷くはないですから！　湿布貼っておけば大丈夫ですよ、たぶん」

「捻挫でも軽く見てはいけない。痛みが長引いたら支障が出るだろう」

慌てて制したものの、厳しさが滲む目を向けられて黙り込んだ。捻挫は骨折よりも厄介だというのはよく聞くし、ジンジンしているので放っておく気はないけれど、緊急性はないと思う。

これが他の人だったら絶対様子見にするでしょ、と心の中で物申していると、彼は靴下を履かせながらどことなく愉悦に浸るような表情を見せる。

「まあ、このままでもいいが。秋華がたとえ歩けなくなっても、俺がすべて世話をするから心配いらない」

「……い、行きます。病院」

重い上にややダークな愛情を感じて、つい了承してしまった。ちょっと嬉しそうに言わないでほしい……。

結局、またしてもお姫様抱っこをされてタクシーまで運ばれ、マンションではなく白藍総合病院へ向かうことになった。

待合には具合が悪そうな子供や、車椅子に乗ったおじいさんなど数人がいて、しばらく待ってから診察室に呼ばれた。夜間にもかかわらず丁寧に対応してくれて、骨折ではなさそうだと言われひと安心する。

私は難病を発症した時、足の血管に炎症を起こしてしまい、ジンジンした痺れや筋力の低下で転びやすくなった。当時よりも今のほうが痛みはあるけれど、パートナーが一緒にいてくれる心強さは比較にならない。

テーピングで足首を固定してもらったら、自力で歩くのも苦ではなくなった。それでも桐人さんは、私の腰を支えて歩いてくれる。

「重症じゃなくてよかった。テーピングは俺も巻けるから、毎日やってあげる」

「ありがとうございます」

さっき巻き方を教えてもらったから自分でもできるけれど、桐人さんがとても看病したそうにしているので、あえて黙っておく。それに、不慣れな私より彼のほうがきっと上手だろう。

彼に会計をお願いして待合の椅子に座っていると、最低限の明かりが灯る廊下の向こうから白衣を着たひとりの男性が歩いてくる。

桐人さんと同じくらいの背丈で、緩くうねるアンニュイな髪が大人っぽいその人の顔がはっきり見えた瞬間、お互いに目を見開いた。

「あれっ……秋華ちゃん？」

「乾《いぬい》先生⁉」

約四年ぶりに会った命の恩人に、捻挫を忘れて勢いよく立ち上がりそうになった。

彼は私の病気を見抜き、治療してくれた血管外科のドクターなのだ。

現在三十六歳の彼は、以前はなかった髭《ひげ》を整えていてワイルドなイケメンになっている。しかし愛嬌のある笑顔は変わらず、「久しぶり」と嬉しそうに軽く手を振ってこちらにやってきた。

でも、乾先生はここから去ってしまったはずだった。結婚して、奥様がいる地域の病院に異動願いを出したらしいと、親しかった看護師さんから聞いていたのに。

「ご無沙汰してます！　先生、その様子だと夜勤中ですか？　系列病院に異動したはずなのに、なんでここに……」

「そうそう、つい最近戻ってきたんだよ。秋華ちゃんに会いたくて」

瞳を覗き込まれると同時に甘いひと言が飛び出して一瞬固まるも、彼はすぐにいたずらっぽく笑う。

「って言うと気持ち悪いから、大人の事情ってことにしておくよ」

軽い調子で言う彼に、私も呆れて笑いながら「そういうとこ、変わってませんね」と茶化した。

そうだ、乾先生はぽんぽんと甘い言葉を口にする人だった。女性経験が豊富なのは間違いないが、チャラいというより余裕を漂わせる手練れの男という感じで、それに落ちる女性が結婚前は後を絶たなかったのだとか。

でも外科医としての腕は確かだと、私は身をもって知っているので当時から信頼している。そんな先生は少し身を屈め、心配そうに私を見つめる。

「あれから症状は出てない？　今日はどうしたの？」

「あはは、ちょっとドジをしちゃいまして。軽い捻挫でした。体調のほうも大丈夫ですよ」

「それならよかった」

ほっとした様子の彼は、ふとなにかを見下ろして固まった。凝視しているその先に目をやると、私の左手薬指に輝く宝石がある。

「えっ⁉ もしかして秋華ちゃん――」

「私の妻になにか？」

ギョッとする乾先生に、威圧感のある冷ややかな声が被さった。

コツコツと靴音を響かせてこちらへやってくる無表情の桐人さんを見て、先生は瞠《どう》目《もく》し「八影さん……！」と名前を口にする。

どうやら知り合いだったらしい。きっと仕事で繋がりがあるのだろうと察しつつ、私はゆっくり腰を上げる。

「桐人さん、乾先生は私が入院していた頃の主治医だったんです」

私と乾先生の関係は知らないはずなので説明すると、彼は小さく頷いて表情を変えずに先生と向き合い、軽く頭を下げる。

「ご無沙汰しております。お話は伺っていましたよ。近々こちらへお戻りになると」

「あ、ええ、人事の関係で……いやそれより、妻⁉ 秋華ちゃんが、あなたの？」

「そうです」

乾先生はいまだに驚きを隠せないようで、私と桐人さんを交互に見ている。桐人さんはこちらに近寄り、まるで見せつけるかのごとく腰を抱いてくるので、私は恥ずかしさと気まずさを入り混じらせて口角を上げた。

「去年、結婚したんです。おふたりはお知り合いだったんですね」

そう言うと、彼らは一度顔を見合わせたものの、すぐに私のほうを向く。なんだかぷいっと顔を背けたように見えたふたりは、なぜかこちらに向かって話し始める。

「白藍ではうちの製品をたくさん使ってもらっているし、臨床試験でもお世話になっているから」

「シェーレの製品は質が高いからね。八影さんがゴリ押しするだけありますよ。引くくらい熱心に」

「そのわりに、系列病院のほうではあまり発注してくださらなかった気が」

「気のせい気のせい」

表情筋を動かさない桐人さんに対し、乾先生はへらりと笑って軽く流している。お互い言葉の端々に嫌みっぽさが滲んでいるけれど、テンポがよくて息が合っているようにも感じる。

これは犬猿の仲ってやつだろうか。なんとなく直感して、ふたりの間になにがあったのか気になりつつも、当たり障りのない返しをしておく。

「じゃあ、乾先生が戻ってきたことで、これからまたお仕事で関わるようになりそうですね」

「そうだね。秋華ちゃんも、体調面でなにか気になることが出てきたらいつでも声かけて。いくら医療に詳しい旦那様でも、診察はできないだろうし」

乾先生のまたしても嫌みなひと言に、桐人さんの眉がぴくりと上がった。今のは天然なのか、はたまた確信犯か。

「携帯に電話くれてもいいからね。番号、昔と変わってないから」

「わかりました。ありがとうございます」

ひとまず笑顔で頷いた直後、隣から冷ややかなオーラを感じてぎくりとした。

他の男性の連絡先を知っていること、独占欲の強い桐人さんからしたら嫌だよね。主治医だったから教えてもらっていただけだし、今の会話も特にやましいものではないのに、なぜか内心どぎまぎしてしまう。

ちらりと桐人さんを見上げると、彼はクールな表情のまま腰を抱く手にぐっと力を入れて口を開く。

「では、私たちはこれで」

「ええ。お大事に」

乾先生は私に向かってにこりと微笑む。さっさと帰ろうとする桐人さんに身体の向きを変えられた私は、慌ただしくぺこりと会釈だけして歩き出した。

固定されたおかげでだいぶ歩きやすくなった足で、再びタクシーに乗り込み、今度こそマンションへ向かう。車内ではいつになく口数が少ないので、ちょっぴり寂しくて会話の糸口を探す。

「まさか乾先生に再会するとは、びっくりしました。四年ぶりなんですよ」

「当時から親しかったんだな。空気感でわかる」

明るく話し出したものの、桐人さんは視線を前方に向けたまま淡々とそう言った。

私を責めるでも、イライラした調子でもないけれど、男女として仲がいいと誤解されたくはない。

「そんなに特別親しかったわけじゃないですよ。先生、あんな調子で女子の皆に優しいから」

看護師さんとの浮いた噂もあったけれど、彼を嫌う人はいなさそうだったし患者にも人気だった。私だけが特別なわけじゃない。

でも、私もふたりの関係が気になる。ストレートに聞いてみてもいいだろうか。

「……桐人さんは、なにかあったんですか？　ただのビジネスパートナーという感じでもなさそうに見えましたけど」

「ただのビジネスパートナーだよ。お互いに譲らない部分があって、商談がうまくいかない時があるくらいだ」

すぐにきっぱりと返され、私の考えすぎかと思い直す。仕事をする上でも相性は大事だから、意見が合わないことがあって犬猿の仲になっているのかもしれないし、珍しいことではないだろう。

「でも、もし彼が秋華に近づこうとするなら敵になるな」

瞳も声も一瞬で凄みを感じるものに変化し、私はギョッとすると同時に呆れた笑いがこぼれる。

いつもの彼だなと安心すらして、「そんなことにはなりませんよ」と笑って宥《なだ》めた。

マンションに帰宅すると、日常に戻ってきてちょっぴり寂しい気分になる。すごく楽しかったデートの後、まさかの急病人を助けて自分も病院へ行くハメになるという、とっても濃い一日だった。

しかし今、余韻に浸る前に少々問題が起こって困っている。

「どうやってお風呂に入ろう……」

テーピングしたばかりだから外したくないし、足を濡らさずに入るにはどうしたらいいものか。ビニール袋に片足を入れて、シャワーを浴びるだけならいけるかな。

バスルームの前でひとり考えていると、桐人さんがやってきてすべて察したらしく声をかけてくる。

「足を気にしながら身体洗うのも大変だろ。手伝おうか？」

「だっ、大丈夫です！　なんとかします！」

至極真面目な調子で言う彼は下心を感じさせないけれど、まったくないわけではないだろう。なにより身体を重ねる前に一緒にお風呂に入るのはハードルが高すぎるので、もちろん遠慮した。

やっぱりビニール袋でなんとかしようと決めた時、彼の両手が背後から腰にするりと回され、背中がすっぽり覆われる。この温かさは、安心できるのにドキドキする。

「今夜、君の全部を俺のものにしたかった。足がよくなるまでおあずけだな」

甘く切ない声で囁いた唇で耳にキスをされ、なぜかお腹の奥のほうが疼《うず》くような感覚を覚えた。彼のものになるその時を想像して、理性が崩れそうになる。

腰に回された手に自分のそれを重ね、速いリズムを刻む鼓動を感じながらぽつりと呟く。

「……ルームシェア婚は、もうやめにしましょうか」

桐人さんは溺愛が行きすぎないよう注意するようになったたし、私もその愛を受け止められると自信を持てるようになった。もう生活を別々にする必要はないだろう。

きっと彼も同じで了承してくれるはず。そう思っての提案だったのだが……。

「いや、続ける」

「へっ」

予想に反した答えが返ってきて、私の口からまぬけな声が出た。あれだけ一緒にいたがってくれていたのに、どうして？

まさか乾先生との再会でなにか機嫌を損ねた？と不安になったのもつかの間、彼は私の髪に顔を埋めるようにして言う。

「一緒に寝たりなんかしたら、もう我慢できなくなる。怪我している君に無茶をさせて、嫌われたくはない。……本当はとてつもなくやめたいが」

あっ、そういう意味⁉

自制するためなのだとわかり、また恥ずかしさで身体が火照り出す。求められているのは変わらずほっとするけれど、同時に怪我をしてしまった自分が憎い。……私も、今夜あなたと一線を越えたかった。

私たちがなんの遠慮もなく愛し合えるまで、もうしばらくかかりそうだ。

捻挫した翌日は、上司に事情を話してあまり動かなくていい下処理の仕事に回してもらった。痛みが酷くならなければ一週間ほどでよくなるだろうとのことなので、このままなるべく安静にして過ごそうと思う。

その時に白藍総合病院の話になると、上司が『ちょうど白藍からヘルプに来てもらえないかって連絡があったところなんだよ』と言った。白藍の病院食も、パーフェクト・マネジメントが委託を請け負っているのだ。

わが社にはいくつかの部門があり、シェーレのような社食はビジネス部門、病院や介護施設はヘルスケア部門となっている。しかし、人手が足りなかったり欠員が出たりすると、近くの施設間で助っ人のやりくりをする。

今回は白藍で急きょ休職する社員が出たため、その穴埋めとして約一カ月ヘルプに入れる人を、病院から近いシェーレの調理員の中から見繕ってくれないかという話らしい。今のシェーレはひとり抜けても問題はないだろう。

それを聞いた瞬間、思わず『私、行きたいです！』と手を挙げていた。

私が白藍に入院していた頃、パーフェクト・マネジメントのおかげで病院食は美味しくないというイメージをがらりと変えられた。その体験が今の仕事を選ぶ大きなきっかけになったので、今度は自分がそこで働いてみたい。

そういった経緯を力説すると、上司は驚いていたものの『意欲がある人に頼みたいし、他に希望がなければ八影さんに行ってもらおうかな』と快く了承してくれた。


その日の晩、桐人さんは職場でのちょっとしたトラブルの対処をしていたようで、午後九時頃に帰宅した。お風呂上がりの私は、塗ろうとしていたハンドクリームを持ったまま彼のそばに寄って話をする。

「私、今週末から一カ月くらい白藍に行くことになりました」

緊急のため今日のうちに決まった旨を報告すると、桐人さんは一瞬固まった後、ずいっと私に迫ってくる。

「白藍って、まさか体調が？」

「あっ違います、仕事で！」

誤解させてしまい、慌てて訂正した。ヘルプの件について説明し、彼はちゃんと納得した様子だったが、徐々に表情が強張っていく。

「ということは、あの乾先生と会う可能性も高くなるわけか……」

「会っても特に問題ありませんよ。世間話しかすることはないですし」

やっぱり妙に乾先生を敵視しているような彼に、私は軽く笑って返した。私と昔から関わりのある気心知れた男性だから、ちょっと警戒してしまうんだろうな。

本当は束縛したい気持ちもあるのだろうと彼の本心を推測していると、桐人さんはふっと嘲笑をこぼして雑念を振り払うように軽く頭を振る。そして、私が持っていたハンドクリームと私の手を取る。

「そうだな、これは仕事だ。君にとっていい機会だろうから頑張っておいで。でも、病気のこともあるから絶対に無理はしないように」

マッサージするようにクリームを塗り、反対せず気遣う言葉をかけてくれる彼に、私は微笑んで「はい」と返事をした。彼の手が大きく温かくて、とても気持ちいい。

ところが、納得したはずの彼はどことなくしょんぼりした様子を見せる。

「昼に君の姿を見られなくなるのは、業務のパフォーマンスが急降下しそうだが……」

「行きづらくなるようなこと言わないでください」

まったくこの社長様は……。ちょっぴり呆れるも、そこまで想われているのはやっぱり幸せだと、素直に嬉しくなった。

白藍での勤務初日、私は張り切って厨房へ向かった。

前日は休みにしてもらえたので調理員の方々に挨拶をしに来て、雰囲気はなんとなくわかっている。元気なおばちゃんが多くて、その分衝突することもありそうだけれど、気持ちよく迎えてもらえたのでほっとした。

病院食は特別治療食や流動食など、とても形態が多くてすぐには覚えられない。助っ人の私の役目は主に調理の補助なので、ベテランさんの指示に従えばいいのだが、皆の役に立つために少しずつ勉強していきたいと思っている。

足の痛みはだいぶよくなってきたし、社食とはまったく違う環境はとても新鮮で、働き始めてあっという間に三日が経った。今日は初めての早番を終えたところだ。

楽しいけれど、やっぱりまだ気は遣うし慣れないから結構疲れている。桐人さんにも言われたように、無理をするとまた病気が再燃する可能性があるから気をつけないと。明日は休日だからしっかり休もう。

シェーレでは土日休みだったが、病院は関係ないので桐人さんとの休みを合わせづらくなってしまった。こちらでは早番や遅番もあるし。

でも足が治ってきたから、やっと元の夫婦生活に戻れるよね？　今夜から一緒に寝ようって言おうかな。

甘い期待をしつつ午後三時半の院内を歩いていた時、総合受付のほうから乾先生がやってくるのが見えた。お見舞いに来たらしきご婦人にすれ違いざまに話しかけられ、愛想よく気さくに応じている。患者さんのご家族にも好かれていそうだ。

私も一応挨拶しておこうと、彼らの話が終わったところで「乾先生！」と呼んで手を振る。こちらを見た彼は、またぱっと笑顔になった。

「おっ、秋華ちゃんこんにちは。今日はまたどうしたの？　元気そうだけど」

「数日前からここの厨房に入ってるんです。一カ月だけの助っ人ですけど、よろしくお願いします」

「マジか、仕事？　患者さんはいいな、秋華ちゃんの手料理を食べられるなんて」

先生はいつもの軽い発言をして、「よろしくー」と笑った。その直後、少し考えるような素振りをして問いかけてくる。

「今日はもう終わり？　時間があったら、ちょっとお願いしたいことがあるんだけど……」

「時間は大丈夫ですよ。なんですか？」

「実は、会ってもらいたい人がいるんだ。血管の病気で入院してる、二十歳の子」

頼み事は意外なもので、私はみるみる真顔になった。数年前の自分と重なる。

「私と同じですね」

「ああ。その子……結海《ゆうみ》は俺の妹なんだよ」

さらに驚くべき事実を明かされ、目を丸くした。乾先生に妹がいるのも初耳だし、まさか彼女も難病を患っているなんて。

「妹さんが……？」

「正しくは異母兄妹だけどね。親父が若い母親と再婚して、俺が十六の時にあいつが生まれた。赤ちゃんの頃から可愛がってるし仲もいいほうだから、病気がわかった時は俺もショックだったよ」

先生は少々複雑な家庭事情を語り、切なげな目をした。

私と兄は昔よくケンカをしていたけれど、年が離れているとそういうことも少ないのかもしれない。そんな妹さんが難病になってしまったのは相当ショックだろう。先生自身が専門としている病気ならなおさらだ。

「あの病気の精神的なつらさは君もよくわかるだろ。最近は卑屈になったり泣くことが多くなって、もちろん俺たち家族も励ましてるけど、実際に闘病した人の言葉のほうが心に届くと思う。秋華ちゃんさえよければ、少し話し相手になってもらえないかな?」

珍しい病気なので、あまり周囲に理解してもらえずつらかった当時を思い出して心苦しくなる。同時に結海ちゃんに共感もするし、経験者だからこそ励ましてあげられることがあるとも思う。

「ぜひお話させてください。いずれこのくらい元気になるよって、希望を持たせてあげられるかもしれないから」

自分を指差して明るく笑うと、乾先生には憂いを帯びた笑みが浮かび、「ありがとう」と返ってきた。

結海ちゃんが患っているのは、私とは少し違う種類の血管の病気。炎症を起こす血管が違うと症状も様々なのだが、その多くが原因不明で難病指定されている。

彼女は一カ月ほど前に発熱や発疹などの症状が出始め、入院して二週間が経つらしい。身体的にも精神的にもつらい病気だけれど、なにより一生付き合っていかなければならない難病になってしまった、という事実がきつい。私もそうだったからよくわかる。

それらを話しながらさっそく向かったのは、私もお世話になった病棟の六階。乾先生は四人部屋の窓際のベッドに向かい、「結海、開けるぞ」と声をかけてカーテンを開けた。

先生の背後から顔を覗かせると、リクライニングを上げたベッドに座ってスマホを弄《いじ》るボブヘアの女の子がいる。

「調子はどうだ？　昼飯は珍しく残さなかったみたいだけど」

「いつも通り暇だよ……って」

つまらなそうな顔でこちらを向いた結海ちゃんは、背後霊のような私に気づいて目を丸くする。異母兄妹なので先生と顔はあまり似ていないようだが、目がぱっちりしていて色白でとても可愛い。

「なに、女の子連れてきてどうしたの」

「紹介しようと思って。昔の俺のコレ」

にやりと口角を上げて小指を立ててみせる先生を、結海ちゃんは〝は？〟という顔で見やった。

彼女を小指で表すっていつの時代だ……と私も失笑する。彼女でもないし、本当に軽いんだから。

「先生古すぎますよ。っていうか、コレじゃなくて元患者です」

「そうそう、結海の病気の先輩にあたる秋華ちゃん。彼女も同じ難病の治療をしてたんだよ」

今度はちゃんと紹介してくれたので、しっかり結海ちゃんと目を合わせて「はじめまして。八影秋華です」と軽くお辞儀をした。

今さらながら八影と名乗って内心照れる私を、結海ちゃんはびっくりした様子でじっと見つめる。

「そうなんですか？　あなたも……」

「うん、私も二十歳の頃にね。今も定期的に検査はしてるけど、もうステロイドは飲んでないんだよ」

炎症を抑えるのにステロイドは欠かせないものなのだが、副作用で眠れなくなったり、顔がむくんでしまうのが女性にとってはなにより切ない。こうして丸くなった顔のことをムーンフェイスという。

でも六年経った今は、その煩わしさから解放されているのだとわかってもらいたくて、にっこり微笑んだ。「すご……」と呟いた結海ちゃんは、やや前のめりになって問いかけてくる。

「顔、丸くなりました？　私、ムーンフェイスになるのが嫌でしょうがなくて」

「なったよー。それはもう大福みたいに」

顔周りを囲うようにして手で円を作ってみせると、彼女は絶望したような表情になって「いやぁ～」と叫び、再びベッドに倒れ込んだ。

きっとそれが一番心配なんだよね、と共感する私に、乾先生がこそっと「少しだけ俺は席を外すね」と耳打ちする。目を合わせて頷くと、彼は静かにカーテンの向こうへ消えていった。

そばにあった椅子に腰かけると、結海ちゃんはこちらを向き、眉を下げて話し出す。

「秋華さんもつらかったでしょ？ この病気終わりが見えないし、これからもどんな症状が出るかわからないし。私はお兄ちゃんのおかげで早期発見できたから、まだよかったけど」

そう言われ、闘病していた当時を思い返して「そうだね」と頷く。

私は症状が出始めていろんな病院へ行ったけれど病名がわからず、白藍で検査をしてようやく判明した。足の動脈内に炎症が起き詰まりそうになっていて、手術が難しく入院期間もかなり長くなるとわかった時、途方に暮れたのは言うまでもない。

その間に薬の副作用が出てきて顔が丸くなり、鏡を見るのも嫌で、友達にも会いたくなかった。

事情を知らない人にとっては、ただ太っただけだと思われてしまうし、つらさを理解してもらえないのがなにより悲しい。元カレもそうだったから。

そういう鬱憤を心に溜めた状態で庭に出たある日、俯いてばかりいるから体調が悪いのかと心配したようで、眼鏡をかけた若い男性が声をかけてくれたことがあった。

その人にすら顔を見られたくなかったのだが、愚痴の捌《は》け口がなかった私は見ず知らずの彼にあれこれぶちまけてしまったのだ。

結海ちゃんに体験談を話しながら、あの時の彼に感謝したくなる。彼が温かい言葉をかけてくれたから、つらい病気ともう一度向き合おうと思えたんだ。

足の血管の手術ができなければ、最悪の場合歩けなくなってしまうかもしれない。その恐怖もかなり精神的に追い込まれる原因だったが、幸い臨床試験という形で最新の治療を受けられて、乾先生のおかげで手術も成功したので健康な今がある。

いつか再燃するかもしれないし、その不安がずっとつきまとう難病ではあるけれど、しっかり治療すれば改善する病でもある。そのことを強調しておいた。

私と話していくらか気持ちが前向きになってきたのか、結海ちゃんはどことなくしっかりした面持ちに変わってきた。

「……そうですよね。うん。もっと重い合併症になるリスクを考えれば、顔や身体が丸くなるくらいどうってことないか。生きてるだけで丸もうけですもんね」

「そうだよ。健康で普通に生活できるって、すごく幸せなことだから」

私もあの時つくづく感じた健康のありがたみを、ずっと忘れないようにしなくては。

穏やかに笑い合いながらしばし雑談をしていると、結海ちゃんがこちらをじっと見ていることに気づく。仕事終わりでメイクも崩れているだろうから、あまり見られたくはないけれど。

「秋華さんってすごく可愛いですよね。彼氏とかいるんですか？」

この顔をそんなふうに言ってくれるなんて、お世辞だとしても嬉しい。彼女は興味津々な様子で私が答えるのを待っているので、ちょっぴり照れつつ口を開く。

「えっと、彼氏じゃなくて……旦那さんがいます」

「きゃ〜人妻だった〜！」

人妻……確かにそうなのだけど、人妻という単語が自分に似合わなすぎて笑える。

控えめに黄色い声をあげた結海ちゃんは、なにかを思い出したような調子でふいにぼそっと呟く。

「大丈夫かな……」

「え？」

なにが大丈夫なのかわからず首をかしげるも、彼女は「なんでもないです」と意味深な笑みを浮かべるだけ。少々気にはなったけれど、すぐにまた病気の話に戻ったのですっかり頭から抜けていった。

二十分ほど話したところで乾先生が戻ってきて、私も結海ちゃんも笑顔で手を振って別れた。病気あるある話で盛り上がって、なんだか私のほうが楽しんじゃったかも……と思いながら出口に向かって歩く。

乾先生は今日はもう手術が入っていないので、私を見送ってくれるらしい。病院を出るとリハビリにもちょうどいい庭園があり、そこをゆっくり歩きながら話をする。

午後四時になる今は日がだいぶ落ちてきて、草木も先生の白衣もオレンジ色に染まって綺麗だ。

「今日はありがとう。たった数十分で結海の顔が明るくなってたから驚いた」

「いえ、私も楽しかったです。結海ちゃん、素直で可愛い子ですね」

病気のことだけじゃなく、大学での話も少し聞けて面白かった。私と話している時の彼女はそんなに塞ぎ込んだ様子はなかったので、このまま前向きに頑張ってほしい。

「できれば、これからも時々結海の相談相手になってやってもらえると嬉しい」

「もちろんです。こうやって少しでも誰かの役に立てるなら、病気になったのも無駄じゃなかったなって思えるので」

乾先生の頼みに、私はふたつ返事で頷いた。

同じ苦しみを味わったからこそ届けられるものがあるだろうし、断る理由はなにもない。結海ちゃんには、私なんかよりもっと頼りになる人がそばにいるけれど。

「大丈夫ですよ。結海ちゃんのお兄ちゃんは優秀な外科医なんですから。これ以上に強い味方はいません」

自信たっぷりの笑みを向ける。乾先生はキョトンとした後、嬉しそうに口元を緩めて「ありがとう」と言った。

しかしその表情には、そこはかとない切なさも滲んでいる。

「俺の専門だから結海のことは誰よりもわかってるけど、やっぱり家族が病気になるっていうのはやるせなくて気落ちしてたんだ。でも、秋華ちゃんのおかげで俺まで元気をもらったよ」

先生はそう言って微笑み、私の頭にぽんと手を置いた。そうして髪を撫でたまま、まだなにか言いたげに私を見つめている。

どうしたんだろうかと、オレンジ色に輝くその瞳を見つめ返して続きを待っていた、その時――。

「あ、ちょっ……兄さん⁉」

エントランスのほうから声が聞こえ、はっとして振り向く。呼び止める声をあげたのは、まさかの頼久さんだ。それに構わず、こちらに向かって歩いてくる旦那様の姿も捉えて、私は目を見開いた。

「桐人さん！　どうしてここに？」

「商談があって頼久と一緒に来ていたんだが、ふたりが庭を歩く姿が見えたから」

今日、八影兄弟もここに来るとは……。というかこの状況、また乾先生と親しくしていたと思われるだろうか。

凍りつきそうなほどの冷たい瞳に息を呑んだ直後、先生から引き離すようにぐいっと肩を抱き寄せられた。密着した彼は静かな憤りを露わにして、先生に睨むような視線を突き刺す。

「乾先生、あなたの女癖の悪さは相変わらずですね。人の妻にまで手を出そうと？」

「ちょっ、桐人さん……そんなんじゃありませんから！」

さすがに否定せずにはいられなくて口を挟んだものの、桐人さんは意に介さず先生から目を逸らさない。一方、乾先生は気分を害した様子もなく、不敵な笑みすら浮かべている。

「秋華ちゃんの話を聞いてもらえれば、誤解は解けますよ。こんなことくらいで疑うなんて、大人の男としての余裕が足りないのでは？」

　桐人さんを煽《あお》る発言をする彼は、腕を組んで探るような目でじっと見つめ返す。

「それとも、まだ夫婦の信頼関係を築けていない……とか」

　桐人さんはまったく動じないというのに、私のほうがぎくりとしてしまった。

　ルームメイトさながらで身体も重ねていなくて、すべてを見せ合った夫婦とは言えない状態の今、〝そんなことはない〟と完全に否定はできないから。

　距離を取ることに決めたのは自分で、夫婦になりきれていないのは私のせいだ。自業自得だけれど桐人さんに申し訳ない気持ちで俯いていると、しっかり肩を抱いたまま彼が口を開く。

「夫婦の信頼関係というものは、長い時間をかけて作っていくものですからね。結婚したばかりの私たちが未熟であるのは否めません」

　落ち着いた口調で認めたものの、直後にその瞳が攻撃的なものへと変化する。

「ただ私は、愛する人が他の男に触れられるのを、黙って見ているような夫にはなりたくないので」

　ぞくりとする低い声で言い放たれ、乾先生の顔からも笑みが消えた。この間とは比べものにならない険悪な空気が流れ、心臓が縮み上がりそう。

「こらこら兄さん、落ち着いて。先生、すみません」

間に入ってきた頼久さんは、お兄様の肩をぽんと叩いて宥め、乾先生に頭を下げる。

桐人さんは鋭い瞳を変えずに「失礼します」と告げ、私の肩を抱いたまま踵《きびす》を返す。

私は前回と同様、先生に会釈をするだけで、またしても連れ去られる形となってしまった。

社用車を停めてある駐車場へと歩きながら、私たちの隣に並んだ頼久さんがため息混じりに言う。

「まったく兄さんは……。取引に影響したらどうするわけ」

「こんなことで影響するほど、シェーレの製品は不出来じゃない」

さらっと返され、頼久さんは私に目配せして苦笑し、ひょいと肩を上げた。

桐人さんは「秋華を家まで送る」と言い、頼久さんには先に会社へ戻るように告げた。タクシーに乗ろうとする桐人さんを、私は慌てて制す。

「私、送ってもらわなくても平気ですから！　桐人さんもまだ仕事なんでしょう」

「今は仕事よりこっちが優先だ。君に他の男の匂いをつけたまま帰したくない」

ものすごい独占欲に顔も身体も強張る。さらに「俺と帰るのは嫌か？」と静かな圧をかけられてはもう断れず、半ば強引にタクシーに乗せられてしまった。

タクシーに乗り込んだところで、私はさっそく弁明を始める。

「桐人さん、誤解しないでくださいね。仕事が終わった後、先生の妹さんに会っていただけですから」

「……妹？」

「はい。私と同じ難病を患って入院している子なんです」

なるべく温和な声色で、先ほどの状況に至るまでの経緯をざっと説明した。桐人さんはほとんどこちらを見ずに、耳だけ傾けている。

「先生の頼みを聞いた形だったから見送ってくれて、そのついでに話をしていただけです。頭を撫でるのは先生の癖というか、学生時代からされていたし深い意味はありませんよ」

「学生時代から、ね……」

はっ、余計なことを口走ったかも。彼の口角がほんのわずかに上がったのが恐ろしくて、冷や汗が滲む。

でも、本当に桐人さんが思っているようなことはないのだ。乾先生が結婚して異動したのは間違いないし、私が結婚しているのを向こうも知っているのだから。

「とにかく、先生は私に手を出したりなんてしませんよ。私も彼も結婚しているんですから」

「既婚者でも見境のない男はいるし、彼だって例外じゃない。妹さんのことを心配しているのは確かだろうが、同時に君と会う口実にもなる」

「そんなふうに疑わなくても……！」

「いいや、甘いくらいだ。本当なら俺ができる限り目を光らせていたいが、秋華がそれを拒むなら、君自身に細心の注意を払っていてもらわなければいけない」

声にいら立ちが含まれているのが伝わってくる。

確かに以前の桐人さんなら、毎日送迎するのはもちろん、ＧＰＳアプリでも入れて常に行動をチェックしたがっていたかも……なんてわりと本気で思う。私がそれを嫌がるとわかってくれているのはいいのだけれど、結局干渉されているような気がする。

マンションに到着し、早足で部屋に向かう桐人さんについていきながら問いかける。

「じゃあ、妹さんに会いに行くのもダメって言うんですか？」

「極力控えてほしい」

淡々と言われ、私の中で反発心がむくむくと膨れ上がってくる。

乾先生は、いくら恋多き人でもお互い既婚者の立場でよこしまな想いなんて抱かないはず。彼と会う可能性が高いからって、結海ちゃんにまで会うのを反対されるなんて納得がいかない。これでは束縛されているのと同じじゃない。

部屋の前に着き、顔認証でロックの解除をする桐人さんに、なんとか感情的になるのを堪えて口を開く。

「桐人さんは乾先生が気に入らないのかもしれませんが、私はずっと前から信頼しているんです。彼は私の足を守ってくれた唯一の恩人なんですから」

ロックが開くと同時に、彼がぴくりと反応して一瞬動きを止めた。私は構わず話し続ける。

「先生が大切にしている妹さんの力になることが、その恩返しになると思うんです。私自身、彼女の悩みを聞いて励ましてあげたい。だから先生はともかく、妹さんとはこれからも関わっていくつもりです」

正直な自分の思いをきっぱりと告げて、ひとつ息を吐いた。そして、様子を窺うようにちらりと彼を見上げた瞬間、私は目を見張った。

今しがたまで怒りを滲ませていた表情が、なんだか切なげなものに変わっている。おそらく他の人では気づかないだろう微々たる変化なのだが、私にはわかる。どうしてそんな顔をするの？

「……唯一の恩人、か。君にとってはそうだよな」

まつ毛を伏せた彼が、ひとり言のように呟いた。今の私の発言は、そんなにショックを受けるものだっただろうか。

引っかかるものを感じるも、ドアを開けた彼に手を引かれてはっとする。部屋の中へ引き込まれ、自動で灯る明かりが照らし出す彼は、すでにさっきまでの険しい表情に戻っていた。

「だいぶ自分をセーブしていたが、やっぱり人というのは根本は変えられないらしい」

「き、桐人さん？」

「君をこのまま閉じ込めて、誰の目にも触れさせず、俺しか見えないようにしてしまいたい」

本音を紡いだ唇は、扉が閉まった直後、私のそれを塞いだ。

よろける私の背中を壁に押しつけ、息もつかせないほどの荒々しいキスを繰り返す。ぞくりとするほどの独占欲で私を支配するみたいに。

無意識に彼のシャツを握って激しいキスに応えていると、服の上から胸の膨らみに触れられた。びくっと身体が震え、鼻にかかった高い声が漏れる。

腰が砕けそうになる寸前で、濡れたリップ音を立てて唇を離された。はぁ……っと呼吸をして目線を上げると、情欲も独占欲も、すべて必死に我慢しているような彼がいる。

「……君を抱いて、ぐちゃぐちゃに交わり合って心までひとつになれるなら、今すぐそうするのに」

紡がれた声からやるせなさが伝わってきて、胸が締めつけられた。

桐人さんは私から離れると、「仕事に戻る」とだけ告げて玄関を出ていく。パタンとドアが閉まった後、力が抜けてずるずるとその場にしゃがみ込んだ。

「私だって、ひとつになりたいよ……」

ぽつりと本音をこぼして、抱えた膝に熱を持て余した顔を埋める。

私はこの先もずっと桐人さんだけが好きで、たとえ誰に迫られても絶対になびかないと断言できる。それは桐人さんも同じであってほしいし、私も心までひとつに溶け合うくらい愛し合いたい。

想いは確かに同じなのに、意見がぶつかり合ってしまう。どうしてうまくいかないんだろう。

初めて好きな人とケンカをした。そのダメージの大きさに、私はしばし座り込んで打ちひしがれていた。

三日後、日勤の仕事が終わってから結海ちゃんの病室に寄った。二月十四日の今日はやっぱりこれを渡したいと思い、スイーツのお店で買った小包をベッドに座る彼女に差し出す。

「結海ちゃん、特に食事制限なかったよね。これどうぞ」

「えっ、もしかしてチョコ⁉ やった〜！」

飾っても可愛い缶の入れ物に入ったチョコレートを見て、彼女は目をきらきら輝かせた。喜んでもらえてなによりだ。

「今月中に退院できるかなってちょっと期待してたのに、血液検査の結果がよくなくて無理そうって言われて。ヘコんでたんだけどテンション上がりました。ありがとうございます！」

その気持ちわかるなと深く共感しつつ、「またテンション上がるようなもの持ってくるね」と笑みを返した。

結海ちゃんはさっそく蓋を開け、包み紙までカラフルで可愛いチョコレートを見て喜んで写真を撮っている。

「めっちゃ可愛い〜。チョコ、旦那さんにもあげるんですか？」

「うん、一応作ってある」

「手作りなんだ。女子力高っ」

スマホケースを可愛くデコレーションしている結海ちゃんこそ女子力高いよ、と笑いながら複雑な気持ちを隠す。桐人さんを想うと、どうにも胸がちくちくと痛む。

あれ以来、お互いよそよそしい態度が続いている。ルームメイト状態なのは、気まずい時に顔を合わせなくていいという利点があるけれど、なかなか仲直りのきっかけが掴めないのが欠点だ。

だから今日、バレンタインという特別な日を利用して、チョコをあげて仲直りしたい。そのために昨日の夜、彼が自分の部屋に入ったのを見計らってせっせと作っていたのだ。

ただ、桐人さんがどんなリアクションをするか、予想できなくてちょっと怖い。

いつもなら〝食べるのもったいないから取っておく〟とか言いそうで、それもある意味怖いのだけど、きっととっても嬉しそうな顔をしてくれるだろう。でも今夜はどうだろうか。

すでに若干緊張し始める私をよそに、結海ちゃんは満足した様子でスマホをテーブルに置いて言う。

「お兄ちゃんもまたえげつない量のチョコをもらうんだろうなぁ。毎年、紙袋いっぱいにして帰ってきてたから」

「あー、やっぱり。でも本命は奥さんだもんね」

ふふっと笑うと、彼女はなぜかキョトンとして私を見つめる。

「奥さんはいないですよ。一年前に離婚したから」

……え？　離婚した？

ぱちぱちと瞬きをした私は、驚いてベッドのほうへ身を乗り出す。

「えぇっ⁉　離婚しちゃってたの⁉」

「あれ、知らなかったんですか？　妹の私からすると、やっぱりかーって感じだけど」

ぽかんと口を開けたままの私に、結海ちゃんは呆れ顔で話し始める。

「優しくていい兄だし、医者としてもすごく優秀で尊敬するけど、男としては危険ですよ。自分が気に入った子には、彼氏や旦那さんがいてもお構いなしに口説くから、女のほうは修羅場でドロドロになってる人が多かったんです」

「うっそ……」

「そのくせ面倒なことになりそうだとあっさり手を引くっていう。今カレともめてる間にお兄ちゃんが他の人と付き合い始めちゃって、結果どっちともうまくいかなかったって女の人もいたみたい」

「クズじゃん！」

思わず声を荒らげてしまった。結海ちゃんも心底同意するという調子で頷く。

「なのに大きなトラブルにならないのが不思議だけど、口がうまいから解決できちゃうんだろうなぁ。さすがに患者さんと未成年には手を出さないですけどね」

モテ男でも痴情のもつれみたいな話は聞かなかったから、クリーンな恋愛をしているんだろうと思っていた。それは私が十代の患者だったからわからなかっただけで、実はあの絢と似た部分がある男だったのか。

もしかして、桐人さんは先生のそういう部分に気づいていたから、あんなに執拗《しつよう》に注意してきたの？　それなのに反発してしまって申し訳ない……！　けど、彼の嗅覚すごすぎるな。

「だから結婚も無理じゃないかと思ってたんだけど、美人で姉御肌のお義姉さんとはわりとうまくいってたんですよ。でもお兄ちゃん、自分より相手の気持ちが上回ると冷めちゃうみたいで、結局ダメに」

「攻略難易度が高すぎる……」

まさかそういうタイプだったとは。呆気に取られる私を、結海ちゃんはじっと見つめてくる。

「お兄ちゃん、秋華さんと再会できたの嬉しいんだって。よく可愛いって言ってるから、絶対気があると思う。向こうは今フリーだから本気で口説きに来るかもしれないし、コロッと落とされないように気をつけてくださいね」

小声で真面目に忠告され、私は口の端を引きつらせた。そして「たぶんそろそろ来ると思うけど」とつけ足されたひと言にぎくりとする。

今日来るの⁉ 以前から顔見知りの看護師さんに乾先生の予定を聞いて、今日はいないっていうから私も安心して来たのに。一応桐人さんのために、なるべく先生に会わないようにしているから。

早めに帰ろうかと、雑談しながら頃合いを見計らっていた時、こちらに近づく足音と「開けるよ」という声が聞こえてきた。カーテンが開いて〝悪い男〟が現れ、会ってしまった……と内心ため息を吐き出す。

私がいるのを見て、乾先生は大人の落ち着きを感じさせる笑みを浮かべた。今日の彼は緩めのニットにワイドパンツという私服姿で、これまた女性を虜にさせてしまいそうなアンニュイな雰囲気を漂わせている。

「ああ、秋華ちゃんも来てたか。今日も仕事だったんだろ？　ありがとな」

「い、いえ。先生はお休みだったんじゃ……」

「夜勤明けで一回家で寝てきたとこ。今日はもう仕事しないよ」

あんな話を聞いた後では、笑顔も引きつる。そうとは知らない先生は、いつもの調子で紙袋から上品にラッピングされた箱を取り出してみせる。

「君たちに逆チョコあげようかと思ってさ」

「お兄ちゃんがもらったやつでしょ。いらんわ」

「まあそう言わずに」

結海ちゃんがばっさり断ったにもかかわらず、先生は「病気のこともあるから一個だけ」と言って強引に渡していた。

どうやら帰った後にデスクに置いてあったものを持ってきたらしい。確かにひとりで食べきるには時間がかかるだろうな、というくらいの量だ。

義理か本命かわからないそのチョコたちは、当然私にも向けられたものの、なんとか断ることに成功した。乾先生からもらったわけではないけれど、桐人さんに見つかったら絶対怪しく思われるもの。

そして、話が途切れたタイミングで切り出す。

「じゃあすみません、私そろそろ帰りますね」

「ああ、俺が車で送るよ」

「えっ⁉」

さらりと口にされたひと言に、思わず声をあげてしまった。結海ちゃんも〝危なーい！〟と私に訴えるような表情をして、先生が見ていない隙に小刻みに首を横に振っている。

「いいですいいです、ひとりで帰れます！」

「俺も仕事ないし、もう暗くなってるのに送らないのは気が引ける。結海も夕飯の時間になるし」

「いや、もっと遅くに帰る時もありますから……！」

もちろん断り続けるものの、彼は本当に口がうまく、絶妙な強引さで拒否できなくさせられてしまう。

さらに人質のごとく私の職服が入ったバッグを持たれ、「さあ、帰ろう」と爽やかに微笑まれる始末。それが計算にも、純粋な厚意にも感じられるから厄介だ。

どうしよう、埒《らち》が明かない。これまではそんなに彼を警戒していなかったけれど、それでもさすがに送ってもらう流れになったら断っていたと思う。

乾先生が私を口説こうとする、という結海ちゃんの予想が仮に間違っていたとしても、彼の車に乗るのは避けたい。やっぱり桐人さんに嫌な思いをさせたくないし、なにより私自身が他の男性と密室でふたりにはなりたくないから。

頭の中で警告音が鳴り響いた時、ふいにある考えが浮かんだ。先生と結海ちゃんが話している間に、私はスマホを取り出して素早くメッセージを打つ。すぐに気づきますように、と念じながら送信した。

心配そうに私に視線を送る結海ちゃんに微笑みかけ、観念して先生と一緒に病室を出る。私のもうひとつのバッグは彼の手に持たれたままだ。

今頃厨房では、夕食の配膳で遅番の方々が頑張っているだろう。人気が少なくなった院内を歩きながら、白衣を着ていないせいもあって印象が違う乾先生に、突っ込んだ話を振ってみる。

「あの……先生、離婚されてたんですね」

「あ、結海から聞いた？　そうなんだよ。バツついちゃってさー」

へらっと笑う彼に、かっる……と心の中で呟いた。しかし彼の表情は苦笑に変わり、当時を思い返すように視線を宙に向ける。

「さっぱりしてる子で、本当に好きだったんだよ。でも結婚してしばらくしてから徐々に彼女が変わってきて、いつの間にか俺に依存するようになってたんだ」

元奥様の話を聞き、少しドキッとしてしまった。依存というと、どうしても桐人さんが頭に浮かぶから。

「依存って、どういう……？」

「外科医はすれ違い生活になるから、そういうのも理解してくれてるはずだったのに、やっぱり我慢できなかったんだろうな。束縛がだんだん酷くなっていって、俺の気持ちが冷めてサヨナラした。これでも修復しようとはしたんだけど」

瞳にわずかに切なげな色が滲むのを見て、離婚してしまったとはいえ、きっと乾先生も元奥様とは真剣に向き合っていたんだろうなと感じた。

しかし、すでに暗くなった病院の外へ出ると同時に彼はすぐに吹っ切ったような面持ちになり、さっぱりとした口調で言う。

「俺は追いかけられると冷めるタイプでね。そのせいもあって、執着心が強い人が苦手なんだ。だから君の旦那ともいつも険悪になっちゃうわけ」

急に桐人さんの話題に変わったので、冷たい風が庭園の草木を揺らす音と胸のざわめきが重なった。

先生が嫌みっぽい発言をするのは、そういう理由からだったの？　というか、桐人さんが執着心が強いことも知っていたんだ。

「桐人さんのこと、前からそこまで知っていたんですか？」

「仕事の話をしていればわかるよ。こっちが引くくらい、あの人の熱意ってすごいから。きっと恋愛に対しても同じなんだろうなと思ってた」

うん、当たっている。頼久さんと似たようなことを言うけれど、恋愛に繋げるのが乾先生らしいというか、なんというか。

「秋華ちゃんのこともちょっと心配してる。あの人と一緒に生活してて息詰まらない？ 今日はなんとなく様子が違うし、彼となにかあったんじゃないの？」

顔を覗き込んで探りを入れられ、つい動揺する私。無意識に目を泳がせてしまう。

「なっ……んにもありませんよ」

「図星だ」

平静に答えてやり過ごそうと思ったのに、あっさり見抜かれて肩を落とした。

「わかりやすいねぇ」とクスクス笑う彼は、いたずらっぽく口角を上げて意味ありげな視線を寄越す。

「話してごらん。きっとこの間の俺のせいでしょ。だったら俺が責任取らないと」

「大丈夫です。自分たちのことは自分たちでなんとかしますから」

今気まずくなっているのは乾先生のせいではないし、夫婦の問題で頼ろうとも思っていない。彼に頼るのは病気に関することだけだ。

「それに私、息が詰まるなんてことはありません。確かに桐人さんは人一倍執着心が強いですけど、私はそんな彼も好きなんです」

ちょっぴり困る時もあるけれど、それ以上に彼の愛を感じられるのは嬉しいから。

にこりと微笑むと、先生はおもむろに足を止めた。冬の間だけ点灯している庭園のイルミネーションが、意外だと言いたげな彼の顔を照らす。

「……へえ、秋華ちゃんもそこまで彼にハマってるとは。それは余計に振り向かせたくなるな」

「え」

聞き捨てならないひと言に、私は思わず固まった。乾先生は私と向き合い、意味深に口角を上げる。

「俺は束縛したりしないし、自由な時間も大事にできるよ。とはいえ、他の女性に目移りもしない。二股は嫌いなんだ」

「は、はぁ……」

「だから、八影さんはやめて俺にしない？」

軽く提案され、私は目をしばたたかせて「へっ⁉」とすっとんきょうな声をあげた。

これ、やっぱり口説かれてるよね⁉

結海ちゃんの予想通りで内心あたふたする私に、彼はまるで恋人にするかのように甘く微笑む。

「君と再会して、魅力的な大人の女性になったなって常々感じてる。結海の相談相手になってくれているのも、俺を励ましてくれるのもすごく嬉しくて、そういう優しさに惹かれる。ただひとつ、あの社長と結婚してることだけがいただけない」

最後だけ残念そうに言った彼は、真剣な面持ちで腕を組み、話を続ける。

「今は考えられないだろうけど、そのうち愛が冷める時が来る。どれだけ仲のいい夫婦でも、必ずそういう瞬間があると思うよ。君も、彼の愛を重く感じて逃げたくなる時が来るかもしれない。少しでもその片鱗《へんりん》があるなら、考えたほうがいい」

実感がこもっている言葉に、ほんの少しだけ胸がざわめいた。

桐人さんの大きすぎる愛を、これからも受け止めていられるかは正直わからない。ただ今確かなのは、私たち夫婦はちゃんと愛し合っていて、ずっと一緒に生きていく道を自分たちで選び、いい関係を築こうと努力しているということ。それを簡単に投げ出す気はない。

乾先生は十歳も年上なのに可愛らしく感じる笑みを浮かべ、強張った表情の私を甘く誘惑してくる。

「逃げたくなったら俺のところにおいで。バツがついても俺とおそろいだしね」

「行きませんっ！」

もう一度きっぱり断った。

本気であってもなくても、口説くのはやめていただきたい。どう誘惑されようと、私の心は絶対に揺らがないのだから。

「先生の言うこともわかります。きっと幻滅することもあるだろうし、ときめきはいつかなくなるかもしれない。だけどその時、それでも一緒にいたいって思えるような愛情を、これから育てていきたいんです」

夫婦になってもいつまでも恋人同士のような熱を保っていられるのが理想だけれど、現実はそううまくいかないとわかっている。でも、それを乗り越えたふたりにだけ生まれるものがあると思っているし、他の人に乗り換えるなんて考えられない。

そこでふと気配を感じた私は、瞳だけ動かしてエントランスの先からやってくる人を視界の端に捉えた。乾先生は気づかずに、私を心配そうな目で見つめてくる。

「秋華ちゃん、君には彼しかいないって思い込まされてない？　あの人の愛は純粋なものじゃなくて、ただの束縛なんじゃないの？」

そう問い詰められても、心はまったく揺らがない。先生と同じく、依存関係になるのではと私も懸念した時があったけれど、今はきっぱり否定できる。

「私は桐人さんの愛も、自分の気持ちも信じているんです。思い込みなんかじゃなくて、心から愛しいって感じる。私がすべて受け入れたいと思える人も、彼しかいません。隣にいるのは彼じゃなければ意味がないんです」

迷いなく言い切ると、乾先生はやや面食らったような顔で押し黙った。しかし、私が今の言葉を聞かせたかったのは先生だけじゃない。

「それは最大級の愛の告白と受け取っていいか？　秋華」

すぐ近くまでやってきた、先ほどメッセージを送った彼が言い、そちらを向いた先生は目を見開く。

白い息を吐く口元を緩める彼に、私も微笑みかけて「もちろんです」と頷いた。──やっぱりあなたは来てくれるよね、桐人さん。

乾先生は落胆した様子でひとつ息を吐き、呆れ顔でブルゾンのポケットに手を突っ込む。

「八影さん……なんでまたいるんですか、あなたは」

「今日は私が呼んだんです。主人がいるのに、先生に送ってもらうのは申し訳ないので」

桐人さんの隣に寄り添い、ちょっぴりバツの悪さを感じつつ苦笑した。

この時間なら仕事が終わっていることが多いし、私から【今すぐ病院に迎えに来てくれませんか？】なんてメッセージが来たら、桐人さんのことだからきっとすぐさま駆けつけてくれる。そんな思惑があって呼んでみたのだが、タイミングもばっちりだった。

彼が走ってくるのが視界の端に見えたから、先生に断りながらも、彼にも聞こえるように想いを伝えたのだ。私は誰にもなびかないのだと、その目と耳で確かめて安心してほしくて。

私の手を取って乾先生を見つめる桐人さんからは、攻撃的なオーラは感じない。

「この間、私には秋華を診察することはできないと言いましたよね。マウントを取られたようで少々腹立たしかったので、私も言わせていただきますが」

棘のある言葉を放ったものの、不敵に口角を上げる。

「あなたは診察も手術もできますが、秋華を幸せにすることはできません。彼女が愛しているのは私ですから」

自信たっぷりに言い放つ彼に、先生は一瞬目を丸くした。そして、初めて負けを認めたような笑みをふっとこぼし、「やっぱりあなたは苦手です」と返した。

乾先生は、私たちの間に入り込む余地はないと悟ったのか、はたまた面倒だと思ったのか、引き際はあっさりとしたものだった。

いつものように私に手を振り、病院関係者専用の駐車場のほうへと背を向ける先生と別れ、私たちは桐人さんの車に向かって手を繋いで歩く。

「すみません、急にあんなメッセージを送って。仕事は大丈夫でしたか？」

「ちょうど終わったところだったんだ。たとえ業務中でも抜けてきていたよ。仕事はいくらでも対処できるが、秋華になにかあったら後悔するどころじゃ済まない」

彼の愛に感謝して微笑むも、甘い毒を振りまいてきた先生の姿がよぎった。

結海ちゃんに教えられた事実や、少々迫られたことを正直に打ち明けて反省する。

「私は医者としての乾先生しか知らなくて、まさか自分は異性として見られるはずがないと信じきっていたんです。でも桐人さんの言う通り、もっと警戒しなくちゃいけませんでした。本当にごめんなさい」

「いや、俺も秋華の気持ちを蔑ろにして悪かったと思っている」

桐人さんも少し決まりが悪そうに言い、繋いだ手の力をきゅっと強くする。

「乾先生が離婚したのは知らなかったが、シェーレの社員でも彼にハマって仕事を疎かにした女性がいたから心配だった。秋華が医者として慕っているだけだと頭で理解はしていても、過去には恋に似た憧れを抱いていたかもしれないと思うと、余計に放っておけなくて」

まさかシェーレの社員も先生の恋の罠《わな》にハマってしまっていたとは。決していい男とは言えないのに、どれだけモテるのよ……。

もはやため息が出るけれど、それより乾先生に恋心を抱いたことはないと否定しておきたくて、「昔も先生は先生でしかないですよ」と返した。

桐人さんはほっとした様子で、私を優しい目で一瞥する。

「連絡をくれて嬉しかったよ。俺はただ秋華に、彼より信頼されたかっただけなのかもしれない」

その言葉を聞いて、私は知らず知らずのうちに彼を不安にさせてしまっていたのだろうと思い、また反省した。私が距離を取ろうと言ったり、先生を信じきっていたり、桐人さんは嫌だったはずなのに私のために我慢してくれていたのだ。

いい加減に、彼の愛を全部受け止めてあげなくちゃ。義務とかじゃなく、私も彼をもっと愛したくてたまらないから。

マンションに着いて部屋に入ると、そういえばチョコレートを渡さなければ、と思い出した。同時に、バレンタインなのに桐人さんはそれらしきものを持っていないことに気づく。

「桐人さんはチョコもらってないんですか？」

「ああ、義理もなにもいらないと毎年言っているから。今年はそれがやっと社員に浸透したらしい」

なるほど、そういうところも桐人さんが冷徹だと言われる所以なのかもしれない。乾先生とは真逆だな。

クスッと笑って冷蔵庫を開け、忍ばせてあった長方形の箱を取り出す。それを、ネクタイを緩める彼の前まで後ろ手に持っていく。

「じゃあ、私からの本命チョコは受け取ってくれますか？　不器用なりに頑張って作ったので」

得意げにじゃんっと箱を見せると、彼はまったく予想していなかったようでぴたりと停止して目を丸くした。

「大好きです。桐人さん」

せっかくなので、バレンタインらしく告白してみた。

えへへと笑う私とチョコレートを交互に見た彼は、受け取るより先に衝動を抑えられないといった調子でがばっと抱きしめてくる。

思わず「わっ」と色気のない声を漏らす私をぎゅっと閉じ込める桐人さんは、感激してくれているのがよくわかる。

「秋華……君が可愛すぎて死ぬ」

「なんでですか。死なないでください」

「本当にありがとう。でも、食べるのがもったいないな。永久的に保存しておける装置があればいいのに……」

「食べないほうがもったいないです」

安心する腕の中でクスクス笑いながらツッコみまくっていると、彼の声が甘い囁きに変化する。

「じゃあ、これは秋華をいただいた後で」

私の手から箱を取られ、色気に満ちた笑みを向けられて、心拍数が一気に上昇する。

「君の身体も余すところなく愛したい。この欲を抑えるのはもう限界だ」

「……私も、愛されたいです」

お互いの気持ちも、ドキドキと奏でる心音さえも重なった気がした。

ああ、これでやっと繋がれる――。心が満ちていくのを感じながら、どちらからともなく唇を寄せた。

久しぶりの桐人さんのベッドで、彼はプレゼントの包装を解くかのごとく大切そうに私の服を脱がせ、露わになる素肌に何度も口づける。愛しそうに目を閉じる顔がとても綺麗で、私も自然に彼の髪を撫でていた。

優しくシーツに横たえさせられ、彼は少々煩わしそうにシャツを脱ぎ捨てる。程よい筋肉のついた上半身がセクシーな上に、自分もすべて見られているのだと思うととてつもなく恥ずかしくて、真冬だというのにすぐに汗ばみ始める。

「あ、あの、あんまり見ないでくださいね！　たいした身体じゃないので……」

「こんなに綺麗なのに愛でるなと言うのか？　それはあまりにも酷だろう」

彼はつい胸を隠そうとしてしまう私の手を取り、その手にさえもキスをした。そのまま手に頬ずりをして、真剣な眼差しで見つめてくる。

「心配しなくていい。大切なものを傷つけるようなことは絶対にしない」

初めてベッドに押し倒された時、私を抱いたら桐人さんはどうなるのだろうと少しだけ不安だった。でも今は、そんな懸念材料はひとつもない。あの頃よりもっと深く彼のことを知って、私を心底大切にしてくれる人だとわかったから。

「……はい。私の全部、もらってください」

恥をかき捨てて言うと、彼の瞳が嬉しそうに細められうっとりと微笑む。そして私の言葉が合図になったかのように、濃厚なキスと愛撫が始まった。

唇から首筋、胸へとキスが降りていく。触れられたところ全部が敏感になっていて、甘い痺れが気持ちよくて声を抑えられない。「可愛い」、「好きだ」と何度も囁かれるたび、感度が上がっているような気がする。

桐人さんはとても丁寧に愛してくれて、気づいた時にはシーツまで濡れていた。

もう何分経っただろうか。今、片方の指は胸の頂を、もう片方は蜜の中に沈められて執拗に弄られている。初めての快感というものをしっかり教えられている私は、波のように行ったり来たりするそれからなぜか逃げたくなってしまう。

「あっ、はぁ……桐人さん、もういい、から……っ」

「これだけでやめるわけないだろう。もっと隅々までじっくり愛さないと」

「だって、なんか変……ぁんっ！」

搔き混ぜられているところがうねる感じがして、なにかが背中を上ってくるような、妙な感覚を覚えるのだ。それに翻弄されて待ったをかけても、桐人さんは手を休めてはくれない。

「もっとおかしくなれ。俺の前でなら、いくらでも恥ずかしい姿を見せてくれていい。

それが最高に嬉しいんだから」

扇情的な瞳を向けられたかと思うと、彼は差し込んでいる指の辺りに顔を埋める。さすがに恥ずかしすぎて止めようとするも、柔らかな舌でなぞられる初めての感覚に、小さな悲鳴にも似た声をあげてしまった。

そんなところを舐《な》められるなんて、刺激が強すぎて「ダメ、ダメ」と無意識に呟く。あっという間に抗えない大きな波に襲われ、頭が真っ白になって身体がびくんと跳ねた。

全身から力が抜けると同時に止めてしまっていた息を吐き出し、恍惚としながら荒い呼吸を整える。

……すごい、これが絶頂というもの？　行為自体初めてなのに、まさかこんなに感じてしまうなんて。

とろんとした瞳に映る桐人さんは、上体を起こして満足げに自分の濡れた指を舐める。ぺろりと舌を出して微笑む彼のセクシーさは尋常じゃない。

「あー……本当に可愛い。秋華の初めてを全部俺がもらってると思うとたまらないな。そろそろ、君の中まで俺のものにするよ」

そそり立つ自身を開放し避妊具を手に取る彼を見て、再び激しくドキドキし始める。

初めて抱き合う寸前までになったあの時、私は怖気づいてしまったけれど、今は執着する彼の気持ちもわかる気がする。

好きな人のすべてを手に入れたくて、自分のものにできたとしても、もっともっと欲しくなる。本気の恋やセックスには、そういう中毒性があるのだと。

逞《たくま》しい身体に組み敷かれ、ゆっくり、少しだけ強引に、彼の熱に貫かれて甘い痛みが走った。官能的な吐息も、体温もすぐ近くに感じて、本当にひとつに溶け合っているみたい。

嬉しい、嬉しい……大好きな人と、こんなに深いところで交われるなんて。

ゆるゆると腰を動かし、ふたりのカタチを馴染ませては、休憩するように背中に手を回して抱き合う。しばしそれを繰り返すうちに痛みも変化してきて、私の中に彼がいる安心感と幸福感が上回る。

「幸せ……。ずっと私だけ、好きでいて」

私の口から、吐息に混ざって心からの声がぽつりとこぼれた。愉悦に浸っているような桐人さんも、「言われるまでもない」と幸せそうに微笑み、私の髪を撫でる。

「君は俺の、たったひとつの宝物だ。永遠に愛してる」

彼の唇が紡ぐひと言ひと言が嬉しくて、幸せで、瞳にうっすらと涙の膜が張る。

私にとっても、あなたは唯一無二の大切な人。彼と同じくらいの熱量で、一生かけて愛したいと思った。

——初めての経験をして、疲れ果てた私はすぐに睡魔に襲われた。裸のまま毛布にくるまってうとうとする私に、桐人さんは腕枕をしながら優しく髪を撫でている。

「やっと君を手に入れた気分だ。こうやって寝顔を見ているだけでも幸せだけど、ちゃんと繋がれて最高に嬉しい」

「ふふ。私も、最高に幸せ……」

温かくて、心が満たされて、しゃべっているうちにどんどん瞼《まぶた》が重くなっていく。

半分夢の中で、彼の声がぼんやりと聞こえる。

「……長かったよ、ここまで。君は思いもしないだろうな。あの日からすべてが始まっていたなんて」

〝あの日〟……？　いったいなんのことだろう。

浮かんだ疑問はすぐに意識に飲み込まれ、幸福に包まれたまま眠りに落ちていった。

極甘なバレンタインから数日後の夜、仕事を終えた私は久しぶりに和奏とふたりで飲みに繰り出していた。桐人さんにもおすすめした、恒例の焼き鳥屋に。

麗さんも誘ったのだが、どうやら体調を崩してしまっているらしい。巷《ちまた》ではインフルエンザが流行っているし、私も気をつけないと。

ビールで乾杯してから近況を洗いざらい話すと、和奏は頬を紅潮させて興奮気味に私の手を握ってくる。

「そうか～秋華もついにオンナにさせられたわけやな。おめでとう～！」

「ちょっと言い方……。でも、ありがと」

怪しい発言が周りに聞こえていないか軽く見回してしまったけれど、今回はテーブル席に座れたので大丈夫そう。和奏が自分のことのように喜ぶから、恥ずかしいけれど私も口元が緩みっぱなしだ。

彼女はひと際美味しそうにビールを喉に流し、ぷはっと息を吐き出した。仕草はオジサンみたいだけれど、終始にこにこしていて可愛い。

「秋華が白藍に行ってしもたから、毎日寂しいし社長ともうまくやってるんかなって気にしてたんやけど、心配無用やったな。ルームシェアもやめたんやろ？」

「うん、順調にやれてるよ。桐人さんは『写真を眺めてるだけじゃ物足りないから、早くシェーレに戻ってきてくれ』とか言ってるけど」

「ヤンデレは健在かい」

和奏のツッコミの通り、身体を重ねて以来の彼は、やっぱり四六時中一緒にいたい欲が沸き立っているらしい。でも私も社長モードの桐人さんを見ていたいと思うので、浮かれているなと自覚しているし彼の気持ちもわかった。

とはいえ、桐人さんの執着っぷりが過度に増すことはなく、いいバランスでとっても幸せな日々を過ごしている。夜は以前のように同じベッドで寝るようになったし、食事や送迎のルールはなくして臨機応変にやっている。理想的な夫婦生活をやっと手に入れた感じだ。

「シェーレはどう？　特に変わったことはない？」

「相変わらずや。社長が食堂に来る頻度があからさまに減ったくらいで」

和奏の言葉に笑いながらしばしお互いの職場の話をしていると、彼女は「ああ、そういえば」となにかを思い出して話し出す。

「白鳥絢の家族の誰かが臨床試験を受けるとかって小耳に挟んだわ。シェーレで開発した機器を使うんだとか」

絢の名前が出てきて、つきまといが発覚した時の彼女の顔を蘇らせつつ、焼き鳥をごくりと飲み込んだ。

あれ以来、彼女は本当に食堂に姿を見せなくなったので、最近どうしているのかもわからなかった。でも今の話が本当なら、仕事と家族にちゃんと向き合っているのだろう。

「仕事頑張ってるみたいだね。よかった」

「そんな甘いこと言うてると、またちょっかい出してくるかもしれへんから気ぃつけや。あれだけ〝社長狙ってますアピール〟してた強烈な姉さんが、おとなしくしてるのはちょっと不気味やねん」

ほっとする私とは反対に、和奏は訝《いぶか》しげな面持ちでざっくばらんに言った。正直、私も完全に安心しきっているわけではない。

なにもしてこないのは、桐人さんに直接怒られたショックが大きかったせいかなと考えていたけれど、和奏の言う通り静かすぎてちょっと怖いところはある。

「うちの妹はほんまにお人好しやからなぁ。危機感持てやっちゅーねん」

突然、ぎこちないコテコテの関西弁が上から聞こえてきて、私たちは同時に振り仰いだ。

そこに立っていたのは、スーツ姿のわが兄。「よっ」と軽く片手を挙げる彼に私は目を丸くし、和奏は眉根を寄せる。

「どなた？」

「お兄ちゃん、なんでここにいるの⁉」

私たちの声が重なり、和奏はキョトンとして私と兄を交互に見やる。そして、あんぐりと口を開けて驚愕した。

「秋華のお兄ちゃん⁉　ってことは、シェーレの顧問弁護士の……⁉」

「せやで～。よろしゅうたのんます～」

「なんやその下手な関西弁は」

「君、清々しいね」

初対面でも容赦ないツッコミをする彼女に、兄は楽しそうに笑って「ちょっとだけ失礼」とナチュラルに私の隣に座ってきた。どうやら一緒に飲むつもりらしく、ビールを頼んで話し出す。

「裁判帰りで、近くまで来たからたまたま寄ったんだよ。その後どうだ？　ルームシェア婚は」

「えっ、なんで知ってるの⁉」

「顧問弁護士ですから」

彼はしたり顔で、胸についた金色のバッジをこれ見よがしに見せてくる。きっと仕事でシェーレに来た時に話したんだろうけれど、まさか桐人さんがそこまで打ち明けていたとは……。

いつの間にそんな仲よくなっていたの？と若干驚いていると、和奏が身を乗り出してくる。

「じゃあお兄サン、社長の本性も知ってるんですか？」

「ああ、君も聞いてる？　ヤンデレだよね、あの人」

「お兄ちゃんまで～」

身も蓋もない兄に私は頭を抱えるも、和奏は大笑いした。さっそくビールが運ばれてきたので、もう一度皆で乾杯し、喉を潤した兄が話を続ける。

「ただただ秋華を溺愛してるだけだってわかるから、あのままでいいんじゃない。お前のどこがよくてあそこまで夢中になってるのかは謎だけど」

「嫌み？」

遠慮のない兄にじとっとした目線を向けるも、確かに私もいまだに不思議ではある。

彼が執着するほどの魅力が自分にあるとは思っていないから、なにかきっかけがあったのなら知りたい。お互いに意識し始めたのは、医務室で話したあの時からだというのはわかっているけれど。

帰ったら本人に聞いてみようかなと思っていると、頬杖をついた和奏が微笑ましげに口を開く。

「とどのつまり、可愛くてしゃーないんやないですか？　秋華は頑張り屋で明るいええ子やもん。社長がドハマりしたってなんもおかしないわ」

純粋にそう言ってくれるので、心がほっこりさせられた。誰かを深く愛するのに明確な理由なんてないか。

お兄ちゃんも穏やかな笑みを浮かべて頷き、なぜか泣きマネをする。

「えぇ友達を持ったなぁ。兄ちゃん泣いてまうわ〜」

「さっきからなんで関西弁が移ってんねん」

すかさずツッコむ和奏とのやり取りが面白くて、私は終始笑っていた。

それから和奏の関西弁講座が始まり、しばらく楽しい時間を過ごした。彼女にやよいの写真を見せ、お兄ちゃん共々うさぎの可愛さについて語ったりもした。やよいもあれから体調を崩すことはなく、元気に走り回っているようなのでひと安心だ。

いい感じに酔いが回ったところで桐人さんから店の近くに着いたと連絡が来た。今夜は迎えに来てもらうことになっていたから。

ついでに和奏も家まで送ってもらうつもりだったのだが、思いのほか兄と気が合って盛り上がっていたので、彼に責任を持ってお願いすることに。もしかして仲が進展しちゃうかも？と期待してしまうのは、自分が恋愛脳になっている証拠だろうか。

車のもとへ向かうと、桐人さんが穏やかな笑みを湛えて待っていた。彼を見るだけで一気に心が安らぐ。

「おかえり。楽しかったか？」

「はい、とっても！　偶然お兄ちゃんも来たんですよー」

上機嫌で助手席に乗り込んだ私は今しがたの話をして、彼はそれを和やかに聞いていた。酔っているせいなのか、桐人さんがいつにも増して愛しく感じて無性に甘えたくなる。

帰宅して玄関に入ると、靴を脱ぐのも待ちきれなくてぎゅっと抱きついた。逞しい胸に頬をすり寄せて、心の安定剤のような彼の香りを吸い込む。

「桐人さん、好き。迎えに来てくれてありがとう」

思考も口も緩んで、心の声が全部こぼれる。目を閉じて抱きついたままの私を、桐人さんはとっても愛しそうにしっかりと抱きしめ返した。

「そんなに可愛いことされると抑えられなくなる。君を淫らにさせてやりたい衝動を」

「……抑えなくていいですよ」

大胆な言葉を口にして、誘うように彼を見上げながら自覚した。……私、欲情している。

彼の瞳も、飢えた獣のような力強さを増す。私の後頭部を支えたかと思うと、甘く噛みつくようなキスが降ってきて、私も夢中で舌を絡ませて応えた。

そのままベッドになだれ込み、絶え間なくキスをしながら服を脱がし合って素肌を重ね合わせる。ふわふわした意識が徐々に快楽に支配され、いつも以上に感じて、喘《あえ》いで、乱れた。

たっぷり愛し合った後、桐人さんとお風呂に入る頃には次第に酔いが冷めてきて、今になって恥ずかしくなっている。ふたりで一緒に入るのは初めてだから。

このマンションは低層であっても高台に位置しているため、浴室はビューバスになっていて遠くにみなとみらいの夜景が見える。濡れた髪を掻き上げる桐人さんがセクシーすぎて直視できず、その綺麗な景色を眺めていると後ろから腕を回された。

お湯の中でハグされるのも心地よくて、身を任せながら幸せなため息をつく。

「私、将来の自分がこんなに幸せな結婚生活を送れるとは思ってませんでした。桐人さんのおかげです」

「いや、君が俺を受け入れてくれたからだ。妻になってくれてありがとう」

耳にキスをされ、胸がくすぐったくなる。クスクス笑ってじゃれ合いながら、ふいに先ほど和奏たちと話したことを思い出す。

「ちょっと気になったんですけど、桐人さんが私に執着心を抱くきっかけとかってあったんですか？」

後ろの旦那様を見上げて問いかけると、彼は考えを巡らせるように視線を宙に向ける。

「きっかけか……。恋愛的な意味で言えば、強く印象に残ってるのはやっぱり、君が倒れそうになったあの時かな」

「そんな最初から？」

「ああ。医務室で病気の話を聞いて、初めはなんて無茶な子だろうと思った。身体を壊す可能性が人より高いとわかっているのに、どうしてそんなに無理をするんだって。でも、そこには君の強い意志があった」

優しい目をして桐人さんが語るのを聞きながら、私も当時の記憶を蘇らせる。確かあの時も『どうしてそこまで？』と聞かれて、私は苦笑混じりにこう答えた。

『闘病中はずっと安静にしていたから、置いてけぼりにされているように感じていたんです。同期の子たちは今この瞬間も成長しているはずなのにって。だから今、無理をしてでも働けることが嬉しかったんです』

就職を目前に闘病生活が始まってしまい、これからの人生はどうなるんだろうと常に不安がつきまとっていた。その分やっと働けるようになったことが嬉しくて、早く皆に追いつきたい気持ちもあり、多少の無理は無理だと思わずに動いていた。

いつまた病院のベッドに舞い戻ってしまうかわからない。だから今のうちに、って。

『周りに迷惑をかけるのは絶対に避けたいですが、明日動けなくなっても後悔しないように、やれるだけのことはやりたくて』

私がそう伝えたことを、桐人さんは鮮明に覚えているらしい。

「〝一生懸命〟って、命を懸けるほど真剣に物事に取り組むことを言うだろう。君は文字通り、一生懸命生きているんだなって知った瞬間、強烈に惹かれたんだ。この子の頑張りを近くで見てみたいと思った」

まさかそんなふうに思われていたなんて。この人は本当に、私の体調だけじゃなく頑張っている姿まで見てくれていたんだ。

「それからだ。俺もさらにひたむきに仕事に取り組もうと身を引きしめて、君の人生の一部になりたいと願うようになったのは」

ちゃぷんと水音を立て、彼は私の背中にさらにぴったりくっついて抱きしめてくる。心の奥まで温かくなって、満たされていく。

「なにより、秋華はとても可愛い。外見も中身も。別れ際にいつも笑顔で手を振ってくれるところとか、食事の時に麺がうまく啜《すす》れなくて苦戦してるところとか、太ももの内側にふたつ並んでる小さなほくろまで可愛い」

「どこまで見てるんですかっ⁉」

マニアックな着眼点に思わずツッコんでしまった。私以上に私を知っているんだよなぁと恥ずかしくなっていると、彼は得意げに口角を上げる。

「とにかく、君のすべてに俺の心は奪われる。こんな答えじゃお気に召さないか？まだまだ語れるが」

「い、いえ、十分すぎます。もう全部褒めてくれるんだから……」

桐人さんの執着心は、原点から私を幸せにするものだったんだ。火照る顔を覆いたくなるも、ふっと笑った彼が髪をアップにした私のうなじにキスをして、ぴくっと肩が跳ねた。

彼の唇はそのまま下りていき、背中にも口づける。同時に指はやんわりと胸を弄り、身体をのけ反らせる私の甘い声がバスルームに響く。

「あ……んっ、桐人さん……さっきしたばっかりなのに」

「関係ない。何度愛し合ったっていいだろう」

逃がさないというように片方の手は腰に回され、与えられる官能的な愛を受け止めるしかなくなる。

「さっきの酔って乱れてる秋華、ものすごく色っぽくて興奮した。もう一度、俺に見せて」

耳元で情欲をそそる声が囁き、ゾクゾクとした快感が駆け巡る。それだけで天に昇ってしまいそうなほど気持ちよくて、私も興奮してしまう。

身体の向きを変え、彼と正面から抱き合って濃密なキスをする。ここには避妊具がないから、上がったらまたベッドに直行することになりそう。

ぼんやり考えていたけれど、浴槽の縁に座らされて熱い中に指を沈められると、頭の中まで快感に支配される。お湯と混ざり合った淫らな音が響いて、恥ずかしいのにもっとしてほしくなる。

せっかく汗を流したのに、バスルームを出てからも欲情は止められなくて、私たちは気が済むまで身体で愛を確かめ合った。

休職したスタッフの復帰の目処が立ち、白藍総合病院でのヘルプは三月の第一週目までに決まった。私がいられるのはあと一週間となった今日も、早番で早朝から出勤している。

朝食は比較的簡単なメニューで、調理を手伝ってできたものをお皿に盛りつけ、ベルトコンベアでゆっくり流れてくるトレーに乗せていく。ただし、それは食数が多い普通の常食だけ。

私が今担当している腎臓病食はそれほど食数は多くないので、配膳車にセットしたトレーに直接お皿を乗せる方法をとっている。普通のものと別の調理法で作った料理が多いので、注意しなければいけない。

朝食を出し終わってひと息ついたら、食事が終わった時間を見計らって早番の人が下膳車を取りに行く。今日は私がたまたまベテランの女性チーフと病棟へ向かうことになり、その最中に彼女は明るく声をかけてくれている。

「八影さんは覚えも早いし、要領よくてほんと助かってるのよ。もうこっちに異動しちゃえばいいじゃない」

「あはは。そんなふうに言ってもらえて嬉しいです」

私に主に仕事を教えてくれたのがこのチーフで、とてもよくしてもらっているのであと一週間で離れるのはちょっぴり寂しい。でもいい経験ができたし、やっぱりここへ来てよかった。

最後までしっかり働こうと気合いを入れ、やってきたのは腎臓内科。食べ終わった食器やトレーが下膳車に置かれているので、それを引っ張ってまた厨房へ戻るのだ。

下膳車をゴロゴロと動かしながら、チーフが思い出したように口を開く。

「この後の朝礼でも話すけど、今日のお昼から透析の患者さんがひとり増えるみたい。腎臓病食はなにに気をつけるか覚えてる？」

突然問題を出され、ここへ来て学んだことを詰め込んだ頭の中の引き出しから答えを探し出す。腎臓病の食事は腎臓に大きな負担をかけないようにしなければいけないから……。

「塩分とタンパク質、あと……カリウムを控えること。カリウムが豊富な野菜は茹《ゆ》でこぼして、生の果物は出さない」

「大正解！　やっぱり八影さんを手放すのは惜しいわー」

感心した様子のチーフに褒められて、小さくガッツポーズをする私。患者さんの体調に影響することだから覚えるのは当然なのだけれど、自分の知識も増えていくのは嬉しい。

そうして厨房に戻ってからもいつも通りの業務をこなし、昼食の下膳を行う時間になった。早番の仕事はここまで来れば八割は終わったようなものなので、肩の力を抜いて再び腎臓内科へ向かう。

ところが下膳車のそばまで来た時、思いもよらぬ人物が廊下を歩いてきて私は目を見開いた。

「え……絢⁉」

緩めのニットにスキニーパンツを合わせたカジュアルな姿の彼女が、大きなバッグや紙袋を手にこちらへ向かってくる。色気のある猫目が私を捉え、ほんの少し訝しげに眉をひそめた。

私が帽子とマスクをしているから誰かわからなかったのだろう。慌ててマスクをずらして顔を見せると、絢は一瞬目を丸くして「ああ、秋華だったの」と言った。

「そういえばここにヘルプで来てるんだってね。社長夫人の話は聞きたくなくても耳に入ってくるから」

「あ、はは。うん、あと一週間だけどね」

若干の嫌みをへらっと笑って受け流す私。会ったら気まずいしどう接しようかと思っていたけれど、相変わらずの調子でなんだかほっとした。

でも、まさかこんなところで会うとは。

「絢は誰かのお見舞い？」

「父が入院したのよ。腎臓病で」

すぐそばの病室に目をやる彼女の言葉ではっとした。今朝チーフが言っていた透析の患者さんの苗字が、そういえば白鳥さんだったと思い出して。

絢のお父さんだったの？と驚く私に、彼女は少し近づき声を潜めて話し出す。

「シェーレが開発中の在宅透析機器の臨床試験をしたの。でも途中で不具合が起こって、高カリウム血症になって病院に逆戻り」

「不具合……!?」

穏やかではない問題に、私の胸が激しくざわめいた。

血液を取り出して老廃物や余分な水分を取り除き、綺麗にした血液を身体に戻す透析は、多くて二日に一回は病院で行わなければならない。しかし自宅に透析装置を置けば、毎日好きな時間に行えるので患者さんの負担がぐっと軽くなる。

腎臓病食を作りながらその話も聞いていたけれど、臨床試験で入院を余儀なくされるようなトラブルが起こってしまったなんて。

絢は落ち着いているものの、表情には沈痛そうな色が浮かんでいる。

「試験段階だから当然そういうリスクもあるって、私たち家族も父自身も承知の上で臨んだし、仕方ないことだと思ってる。命に関わるほどの影響ではないし。でも、やっぱり気は滅入るわよね……」

長いまつ毛を伏せる彼女は、徐々に元気がなくなっていくのが見て取れる。お父さんの具合が悪化してしまったのはもちろん、自分が働いているシェーレの機器が原因だというのもショックだろう。

どんな声をかければいいのか。正解を考えてもわからなくて、私の口から出るのは月並みな言葉しかない。

「……お父さん、早く退院できるといいね」

「うん。ありがとう」

絢は素直にお礼を言い、力なく微笑んで病室へ入っていく。珍しく殊勝な彼女の姿を見て、複雑な気分になった。

その日は帰宅すると、なんだか身体が重くて夕飯を作る気になれなかった。きっと生理前だからだろうと思いつつ、桐人さんから【トラブルがあって遅くなる】と連絡が来ていたこともあり、私は簡単なもので済ませた。

トラブルって、きっと絢のお父さんの件だよね。大丈夫かな……。

それについて桐人さんと話したくて、ソファに身体を沈めて彼の帰りを待っていると、いつの間にか眠りに落ちてしまっていた。

「……か、秋華」

安心する声に名前を呼ばれ、意識が浮上してくる。ゆっくり目を開けると、少し疲れた顔で微笑む旦那様がいた。

「ただいま」

「あ……おかえりなさい……って、あれ？ 私寝てた⁉」

しっかり覚醒して姿勢を正す私を、桐人さんが愛しそうに眺めている。同じくらいの目線でしゃがんでいる彼の手にはスマホがあり、もしかして写真を撮ろうとしてた？と勘が働く。

「そのスマホは？」

「カメラを起動させたくなったが我慢したよ」

〝偉いだろう〟とでも言いたげな顔をしているので、私は苦笑いするしかなかった。

今でも写真に収めたい気持ちはあるのね……。

時計を見やると、もう十一時になろうとしている。こんなに遅くまで対応していた彼を労おうとするも、それより早く彼が私をひょいと抱きかかえるので「ひゃっ」と驚きの声を漏らした。

「ここで寝てたら風邪をひく。ベッドへ行こう」

「待って、そんな運んでもらわなくても……！」

「俺が少しでも君に触れていたいんだ」

そんなふうに言われて頬にキスされたら、もう抵抗なんてできない。それに、まだ身体が怠い感じがするので、運んでもらうのはちょっとありがたかったりもする。

おとなしく彼の首にしがみつき、寝室に入るとベッドに優しく寝かされた。毛布をかけてくれる彼に、今日ずっと気がかりだったことを聞いてみる。

「あの……大丈夫ですか？　臨床試験でのトラブル」

ストレートに尋ねると、桐人さんは驚いた様子でぴたりと動きを止める。

「なんで知ってるんだ？」

「偶然、白藍で絢に会ったんです。お父さんが入院した話を聞いて」

端的に説明すると、彼は納得したように「そうか」と頷き、おもむろにベッドの脇に腰を下ろした。

「本当に不具合が原因か、今調べているところだからなんとも言えない。当然、ベストな状態だと判断したから臨床試験に移った。不具合など起こさない自信もあったんだ。それなのに……」

彼は初めて苦悶《くもん》の表情をかいま見せ、ぐっと手を握りしめる。

「もし本当に機器が原因なら、すべて俺の責任だ」

「桐人さん……」

自分を責めているような彼の姿に、胸が締めつけられる。

絢に会った昼間と同様、どんな言葉をかけたら彼の心がラクになるのかわからない。

〝桐人さんのせいじゃない〟というのはきっと彼が欲しい言葉ではないし、〝大丈夫ですよ〟と無責任に励ますのも違うだろう。

しかし私が口をつぐんでいる間にも、彼の声に少しだけ力強さが戻ってくる。

「俺たちにできるのは、真摯に白鳥さんと向き合って問題点を解決していくことだけだ。過去には戻れないからな。二度と同じトラブルが起こらないよう、改善していくしかない」

そうだ、桐人さんが困難にぶち当たったのはこれが初めてではないだろう。シェーレがトップシェアを誇る大企業に成長したのは、これまでも葛藤と試行錯誤を繰り返して、質のいい製品を世に出してきたからに違いない。

かく言う私も、シェーレの臨床試験で助けられた者のひとりだ。

「桐人さんたちに救われた人は大勢います。この私だってそうですから。今回の機器も、将来たくさんの人のためになるはずです」

上辺の言葉じゃなく、心からそう思って伝えた。桐人さんはこちらを見て「ありがとう」と微笑む。

しかし、その瞳にはどことなく憂いを帯びているように見えた。以前ケンカになった時に見せた、少し悲しげな表情と近いものを感じて引っかかりを覚える。

あの時は乾先生が恩人だという話をしていたっけ。なにか関係があるのかな……。

漠然とそう思ったものの、ただの気のせいかもしれない。私も不安そうにしてしまったのか、桐人さんは安心させるように髪に手を伸ばしてくる。

「秋華はなにも心配しなくていい。ゆっくり休んで、明日も頑張って」

優しく髪を撫でられるも、胸が苦しくなる。こうやって甘やかされるだけで、私は彼を励ますことすらできないのだろうか。

最愛の人が葛藤しているのに、なにもしてあげられない自分に心底嫌気が差した。

翌日から二日ほど倦怠感は続き、なんとなく筋肉痛のような痛みを感じるも高熱は出ていないので普通に生活していた。血管が炎症した時のような発疹も出ていないし、風邪のひき始めかもしれない。

ちゃんと避妊していたから妊娠の可能性も低そう。万が一奇跡が起こっていたとしたら、それはとっても喜ばしいのだけれど。

ひとまず様子を見ながら遅番の仕事をして、夕食の提供まで大きな問題はなく働けた。あともう少しでヘルプ期間も終わるから、このまま乗り切りたいと思いながら調理器具の洗浄をしていた時……。

「八影さん、ちょっと」

チーフになにやら深刻そうな調子で呼ばれ、ドキリとした。これは穏やかな話ではないなと察し、やや緊張気味についていくと、厨房を出たところで問いかけられる。

「八影さん、今日も腎臓病食の盛りつけやってたでしょう。夕食にキウイフルーツつけた？」

「いえ、つけてないです。生の果物の代わりにゼリーでしたよね」

「そう。やっぱりわかってるわよね……」

腕を組んで考え込む彼女に、たまらず「どうかしたんですか?」と問うと、困った顔で説明する。

「透析患者の白鳥さんの食事に、生のキウイがついてたっていうのよ。八影さんが間違えたとは思えないんだけど、娘さんが怒っちゃってて」

「白鳥さんに……⁉ そんな、ありえないです! 私、キウイを触ってもいないですから」

腎臓内科へ届ける配膳車には腎臓病食しか入れないので、生の果物を乗せること自体ないし、万が一間違って乗っていたらすぐにわかる。

絶対につけていないと断言できるので首を横に振ると、チーフも「そうよね」とため息混じりに頷いた。彼女も私を疑ってはいないようだが、どうしてそんなことになったのかわからない様子だ。

どうにも納得がいかないので、チーフに了承をもらって私も直接話をしに行くことにした。

帽子とマスクを取って急ぎ足で病室へ向かうと、細身で白髪交じりの白鳥さんが食事を取っている傍らで、絢も椅子に座っていた。「絢……!」と声をかける私を、彼女は無表情で見上げる。

「この食事を用意したの、秋華だったのね。これがついてたのよ」

手で示されたトレーの上には、確かに切られたキウイフルーツが乗っている。常食につけていたものと切り方も同じだ。

「私が気づいたからよかったけど、もし食べていたらどうなるかわかってる？ 高カリウム血症の父は特に、最悪の場合は心停止する可能性だってあるのよ」

絢が言うのはもっともで、危険な事態になりかねなかったと思うとぞっとする。家族からしたら黙っていられなくて当然だろう。

私は絶対にミスしていないと自信を持って言えるけれど、盛りつけを担当した以上責任が発生する。絢にまっすぐ向き合い、友人ではなく調理員として深く頭を下げる。

「ご迷惑をおかけして本当に申し訳ありません。カリウムの制限についてはもちろん理解していますし、注意もしていました。厨房では絶対に果物はつけていないんです」

「じゃあこれはなに？ お見舞いにも持ってきていないし、厨房で出さなければここにあるわけがないでしょう」

どんどん敵意をむき出しにされるも、ここで引いたら認めることになってしまう気がして「でも――」と反論しようとする。

その時、黙っていたチーフががばっと頭を下げた。

「申し訳ありません。腎臓病食の注意点を改めて職員に周知させ、二度と間違いがないよう徹底していきます」

謝罪するチーフを見て、理不尽さを感じながらも諦めの気持ちが湧いてくる。どれだけ主張しても、私が間違っていないという証拠がないなら折れるしかない。

なにも悪くないチーフに謝らせてしまった罪悪感も押し寄せ、肩を落として私も「申し訳ありませんでした」と頭を下げた。

そこで、ずっとタイミングを窺っていた様子の白鳥さんが口を開く。

「もういいんですよ。気にしないでください。なあ、絢」

穏やかな口調で許してくれる優しそうな彼が、絢にも宥めるように笑みを向けた。

彼女はお父さんからふいっと視線を逸らして、病室の入り口のほうを見やる。

その時、わずかにはっとした様子を見せた彼女は、私とチーフに軽く頭を下げる。

「……私も取り乱してすみません。父が心配で、つい。人間ですから間違いはありますよね」

攻撃的な姿勢から打って変わって私たちを擁護し始めるので、やや怪訝《けげん》に思ってしまう。間違えたと認めたわけでもないのに……と、やっぱり納得できない部分もあるけれど、今はこの場を収めるのが先決だろう。

「でも、単純な間違いが害を及ぼす可能性があることを、よく覚えておいてください」

絢は厳しい表情で、非難するように私を見つめて釘を刺した。

チーフと共に幾度となく頭を下げ、病室を後にしようと踵を返した時、ひとりの男性が入り口に立っているのに気づく。彼と目が合った瞬間、私はひゅっと息を呑んだ。

「社長……！　また来てくださってありがとうございます」

絢の感激した声が響く中、桐人さんは心配しているようにも、疑っているようにも感じる瞳で私を見つめる。

いつからいたのだろう。今のやり取りを見ていたとしたら、私がミスを犯したのだと思われても仕方ない。

私は唇を噛んで視線を下げ、チーフの後に続いて桐人さんの横を通り過ぎる。その瞬間、「秋華」と小さく声をかけられたものの、顔も見られずぺこりと会釈するしかなかった。

病室を出る際に一瞬見えた絢は、今しがたの怒りはどこへやら、柔らかい表情で微笑んでいた。

もしかして、彼女が急にしおらしくなったのは桐人さんが来たのに気づいたから？

私にとっては最悪だけれど、あの子にとってはいいタイミングだったな。

彼との鉢合わせでさらにダメージを受け、重い足取りで廊下を歩きながらチーフに謝る。

「すみませんでした、チーフ……問題を起こしてしまって」

「あ〜いいのよ。これも仕事のうちだし、もっと厄介なクレームの対処をする時だってあるんだから」

明るくさっぱりと返す彼女は、ぽんぽんと私の背中を軽く叩いた。彼女の寛大さに救われて、ほんの少し心が軽くなる。

「他のスタッフにも聞き取り調査するから。八影さんのミスじゃなければ、誰かが故意にやったとしか思えないもの」

難しい顔をするチーフに、私も頷いた。

彼女の言う通り、今回はただのミスではないと思う。私が配膳車に入れた後に、ゼリーを抜いてキウイフルーツに替えたということになるのだから。

誰がなんの目的でそんなことをしたのかまったくわからず、もやもやしたものを抱えたまま仕事に戻った。

しばらく洗浄の作業をしてから、いつものように下膳車を取りに行く。しかし、なんだか身体が寒く、肩から腕にかけて怠くて手に力が入りづらい。熱が上がってきたんだろうか。

下膳車を戻せば日勤の仕事は終わりだ。もうちょっとだけ頑張れ私の身体……！と、自分に活を入れて腎臓内科の病棟に来た時、面会時間も終わりに近づいて人気のないデイルームで話している男女の姿が視界に入る。

その瞬間、私は思わず廊下の陰に隠れてしまった。窓際に立って話しているのは、桐人さんと絢だったから。

おそらく臨床試験のことで話があるのだろうし、ふたりでいてもおかしくないのだが、なんとなく距離が近くて気になる。病室を出入りしている看護師さんに不審がられないよう、メモを取るフリをして耳をそばだてる。

「私、もちろん父に最新の治療を施してあげたかったから臨床試験をすすめたんですが、大好きなシェーレの……社長の力になりたいという思いもあったんです」

臨床試験を行うきっかけを話す絢は、やっぱりまだ桐人さんへの想いを持ち続けていたらしい。ほぼ告白のような言葉に胸がざわめく。

「なのに、こんなことになってしまって……。父に申し訳ない気持ちと、無念さでいっぱいです」

泣きそうな声で心情を吐露する彼女に、桐人さんの冷静な声が投げかけられる。

「今回のことは私の責任です。あなたが罪悪感を抱く必要はありません」

「社長……」

言い方は淡々としたものだけれど、彼の気遣いも感じられる。ちらりと様子を窺うと、絢は涙が浮かぶ瞳でじっと桐人さんを見つめていた。

数秒後、おもむろに彼女が一歩近づき、桐人さんの胸に飛び込む。私はひゅっと息を呑み、咄嗟に顔を背けた。

その瞬間、ちょうど看護師さんと目が合った。挙動不審な私を見て不思議そうにしていたため、会釈して慌ててその場を離れる。

なに……なに今の。やめてよ、私の旦那様に。桐人さんも同情して慰めているんだろうか。根は優しい彼ならありえなくはない。それで絢が勘違いしたらどうしよう。

彼女がつらい思いをしているのも、そういう時こそ好きな人に寄りかかりたくなるのもわかる。でも、桐人さんだけは渡したくない。触れないでほしい。

悔しさや独占欲、いろいろな感情が混ざり合って、逃げるように仕事に戻った。

マンションに帰宅すると、張っていた気が一気に抜けたのか、ソファに倒れ込んだら動けなくなってしまった。桐人さんは今夜も遅くなりそうだと言っていたけれど、夕食は作れそうにないからどこかで済ませてきてもらおう。

連絡しようとスマホを手に取ったものの、とにかく怠くて少し目を閉じる。そのまま意識を手放してしまい、気がついたのは午後七時半を過ぎたところ。

いけない、寝ちゃってた……と慌てて起き上がった瞬間、めまいと腕の痺れを感じて顔をしかめる。これはただの風邪ではないと直感した時、自分の手の甲を見て血の気が引いた。

いつの間にか赤紫色の発疹が出始めている。なんとか体温計を取って測ってみると、三十八度を超えていた。以前のように足に異常は出ていないものの、発熱や脱力感などの症状はどれも当てはまる。

まさか、病気が再燃してしまった……？

またあの苦しい日々を送らなきゃいけないんだろうか。顔も身体も醜くなって、ただ安静にするしかない、自信が底辺まで落ちるような日々に。

病気だけじゃない。桐人さんのためになにもできず、仕事でもトラブルを起こして……こんな自分が嫌で仕方ない。

身体も心もつらくて涙が出てくる。でも、このままにしておいたら悪化するだけだと身をもって知っている。乾先生に連絡したほうがいいのだろうが、その前に桐人さんに伝えておきたくて痺れた手でスマホを持つ。

しかし、電話をかけようとしたところで先ほどの絢とのシーンが蘇り、ボタンを押すのをためらってしまった。今もふたりでいたらどうしよう、なんて悪い想像が脳裏をよぎる。

その時、窓の外でびゅうっと強い風の音がしてはっとした。反射的にぱっと顔を上げて窓のほうを見た瞬間、ぐらりと視界が歪む。頭が重くなり、座っていられなくなってソファに倒れ込んだ。

吹き荒れる春の嵐の音が遠のいていく。強制的に瞼が閉じ、涙がこぼれた。

不安で、寂しくて……ただただ桐人さんに会いたい。

真っ暗闇の中で、聞こえるはずのない、愛しい彼が私を呼ぶ声がかすかに聞こえた気がした。

幸せにするためならなんだってできる

秋華と身体も結ばれ、ようやく人並みの夫婦生活を送れるようになった。

身体まで深く繋がったらさらに執着してしまいそうだと、俺自身も思っていた通り四六時中触れていたい欲は増すばかりだ。

しかし、なんとか自制して日々過ごしている。欲望のままではまた秋華を困らせてしまうと思えば抑えられる。それでも、毎日が幸せで仕方ない。

プライベートは順風満帆だが、仕事はそうもいかない。二月最後の日、臨床試験で不具合が起こったかもしれないとの一報が入り、耳を疑った。

これまでもうまくいかなかったことはあったし、それを見つけるための臨床試験なのだから本来は落ち込む必要はない。

しかしシェーレでは、完璧だと自信を持てるようになってから俺がゴーサインを出して試験に臨んでいる。それに穴があったというのは、かなり心を折られるものだ。

本当に不具合なのかと疑ってしまう気持ちもあり、すぐに機器が正常であるかどうかをチェックした。するとやはり特に異常はなく、皆で首をかしげた。

機器が原因でなければ、それを使う患者本人や家族に問題があったのではないか。家にいながら血液透析ができるこの機器は、操作から針を刺す作業なども自分たちで行う。使用する前は数カ月かけて研修を行うが、使用法を間違えないとも限らない。

その可能性を考えた時、白鳥さんに気になる点がひとつあることを思い出す。それを直接確かめるべく、俺は白藍総合病院へ向かったのだが……白鳥さんの病室に入ろうとして、なにやら揉《も》めている会話が聞こえてきた。

「ご迷惑をおかけして本当に申し訳ありません。カリウムの制限についてはもちろん理解していますし、注意もしていました。厨房では絶対に果物はつけていないんです」

「じゃあこれはなに？　お見舞いにも持ってきていないし、厨房で出さなければここにあるわけがないでしょう」

謝罪する秋華と怒っている絢さんを見て、なにが起こったのかはすぐに理解し、俺は眉根を寄せた。

あの秋華が、腎臓病食で禁忌の果物を間違えて出した？　家でも職場でとったメモを見返して、特別食について勉強している彼女がそんなミスを犯すなんて信じがたい。

俺がいることに気づいてはっとした秋華は、唇を噛んで下を向く。声をかけようとしたものの、会釈だけしてとても無念そうに病室を出ていった。

臨床試験でのトラブルと、食事のミス。立て続けに起こるのは不自然じゃないだろうか。

なにか関係があるのではないかと引っかかるものを感じたため、絢さんに少し席を外してもらい、白鳥さんとふたりで話をすることにした。

──そうして引き出せたのは、頭の片隅にあった疑惑を確かなものにする内容。白鳥さんが話したことはすべて真実だと思う。

絢さんとも話をするためデイルームに移動すると、彼女は窓からライトアップした庭園を見下ろしながら胸の内を語り始めた。

俺は特に慰めるでもなく耳を傾けていたのだが、彼女はあろうことか俺の胸に飛び込もうとする。その瞬間、拒否反応が出たかのごとく咄嗟に彼女を引き剥がした。

秋華以外の女性と密着するなんて言語道断だ。鼻をかすめるバラのような香りにすら嫌な気分を覚えたが、平静を装って冷静に突き放す。

「申し訳ありませんが、慰めを求めているのなら他を当たってください。私はあなたとも誠心誠意向き合いますが、それは患者の家族としてです」

きっぱり拒絶したものの、彼女は引き下がりそうにない。

「もちろんわかっています。それでも縋《すが》りたくなるくらい、つらいんです。ずっと父の容態が悪化しないか心配で、さっきの食事だって……気が休まりません」

彼女は弱々しい声で言い、俺のシャツを掴んで頭を垂れた。

おそらく、悲劇のヒロインを演じて秋華の株を落とそうとしているのだろう。どんなことをしても、俺の心が秋華以外の人を求めることなどありえないというのに……愚かだ。

彼女を凍てつく瞳で見下ろし、同じく冷え切った声を投げかける。

「その気持ちは本当ですか?」

「え……?」

「機器の不具合を調べましたが、特に異常はありませんでした。他に考えられるのは、食べ物からカリウムを大量に摂取したということです。先ほど白鳥さんの自宅へ伺って奥様からお聞きしましたが、臨床試験中、彼の部屋のゴミ箱にバナナの皮がいくつか入っていたそうです」

淡々と話すと絢さんの手がぱっと離れ、その表情からは動揺が見て取れる。

「白鳥さんは軽い認知症を患っていますよね。おそらくそのせいで、ご家族も気づかないうちに食べてしまったのではないでしょうか。奥様は管理が甘かったと反省していらっしゃいました」

白鳥さんの気になる点というのは、この認知症だ。もしかしてと思い聞いてみたら、奥さんがとても申し訳なさそうに打ち明けてくれた。

「あなたも当然そのことは知っていたはずです。しかしそれを逆手に取って、ご家族も言いくるめて機器のせいにしたのではありませんか？　そうすれば、私が必然的にあなたを気にかけることになりますからね」

今みたいに彼女が俺に泣きついても自然だし、同情させて懐に入り込む隙を作ろうとしたのだろう。ほぼ確信を持って言ったものの、絢さんは焦った様子でぶんぶんと首を横に振る。

「ち、違います！　だって、絶対すぐにバレるじゃないですか。そんな浅はかなことしませ――」

「そうですね、浅はかです。だがあなたはシェーレの社員であり、周りや上層部の信頼を得ていれば、そこに取り入ってある程度の意見を通すこともできるかもしれません」

ぎくりとした様子で押し黙る彼女に、たたみかけるように「先ほどのキウイフルーツの件も」と続ける。

「白鳥さんご本人にお聞きしたところ、彼がトイレから戻った時に、あなたが持ってきたキウイをゼリーと交換しているのを見たそうです。なぜそんなことをするのか問い質したけれど、『私のためだからお父さんは黙っていて』と言われてしまったと。やはり罪悪感に苛まれるからと、正直に打ち明けてくれましたよ」

絢さんの顔がみるみる青ざめていく。父親が白状するとは予想外だったのだろうか。ご両親は娘に甘く、日頃から彼女が優位になっていたようで強く出られなかったのだぞう。今回も言いなりになってしまったことをふたりとも後悔していた。

しかし、彼女は怯《おび》えたような表情になりながらも、まだ認めようとはしない。

「父は認知症なんですよ？　あの人の言葉を信じるんですか？」

「認知症の方が嘘をつくことはありますが、なくなった記憶を想像で埋め合わせようとしたり、忘れていることをごまかしたりすることが多い。娘さんの悪事を明かすようなことはないはずです。むしろあなたを庇《かば》おうとするでしょう」

父親の認知症までも利用しようとするとは、なんて意地汚いのか。ご両親にも問題はあるが、元々の彼女の人間性を疑ってしまう。

いい加減に過ちを認めろと、心の中で念じながら鋭い視線を向け続ける。

「ご両親が真実を隠していたのは、大事な娘の頼みだったからです。心優しいご両親を、あなたは利用したままでいいのですか？」

心に訴えかけるように言うと、絢さんは目を見張る。そのうち抗う気力を失ったように肩を落とし、近くの椅子にへなへなと腰を下ろした。

「……ずっと悔しかったんです。秋華が社長に愛されていることも、あの子に固執してしまうことも」

うなだれてぽつりぽつりと話し始めるので、俺は立ったまま耳を傾ける。

「これまで手に入れられないものはなかったし、誰より私が一番でありたいと思っていました。だから、結婚の事実を知った時はどん底に落とされた気分だったし、ストーカーまがいのことをしていた自分も、社長に軽蔑されてしまった自分も心底嫌で……。その恨みが、秋華へ向くようになっていました」

「それで私の同情を買い、秋華を貶《おとし》めようとしたのですね？」

彼女は膝の上に置いた手をぐっと握り、「そうです」とやっとはっきり認めた。

「父が入院して、本当に心配したんです。でも、ここで秋華に会って……憎い気持ちを抑えられなくなってしまいました。本当に申し訳ありません……！」

泣きそうな声で謝り、深く頭を下げる彼女の肩が震えている。

秋華を悪者に仕立て上げようとしたことは許せないが、おそらく本気で反省しているだろう。秋華にもご両親にも、心から謝罪してもらいたい。

「あなたが謝るべき人間は、他にもたくさんいます。誠心誠意向き合って、悔い改めてください。処分は追って伝えます」

会社の業務にも影響を与えたため、相応の罰は受けてもらわなければならない。彼女もそれは覚悟していただろう。情けをかけずに告げた俺を涙目でまっすぐ見上げ、「はい」と頷いた。

なんとか一段落して息を吐き出す。謝罪するところを見届けたいが、秋華はまだ仕事があるだろうし、俺も報告するため会社に戻らなければ。

絢さんを置いて去ろうとするも、ひと言伝えておこうと思い立ち、足を止めてうなだれたままの彼女を振り返る。

「自分自身と愛する人、どちらも幸せにするのは意外と難しい。恨みを晴らそうと躍起になるより、お互い幸せになる方法を考えたほうがずっといいですよ」

少しだけ声色を柔らかくして伝えると、彼女は目を見開く。その瞳から溜まっていた涙がこぼれ落ちると共に、「ありがとうございます」と小さく呟いた。

帰ったらすぐ秋華に話して安心させてあげよう。風邪っぽい症状があると言っていたし、心の問題だけでもなくしてあげたい。

機器の不具合ではなかったと明らかになったこともあり、俺自身も気持ちが軽くなったのを感じながら社に戻った。

社長室で残りの業務も順調に進めていた最中、スマホが鳴り始めて手に取ると、秋華の名前が表示されていた。ちょっとした用事でも声が聞けると嬉しくなる。が、なぜか今日は胸騒ぎのようなものも感じる。

とりあえず「もしもし」と出たものの、電話の向こうからはなにも聞こえてこない。

「秋華？　どうした？」

繰り返し問いかけても応答がない。こんなことは今までになく、嫌な予感は確信に変わっていく。異常事態だと判断し、俺はすぐに荷物をまとめて社長室を飛び出した。

いったいどうしたんだ……なにかの事件に巻き込まれたりしていないよな？

最悪の想像を無理やり掻き消しながら急いで帰宅すると、リビングの電気はついているようだった。エレベーターで上がる数十秒すらもどかしく、慌ただしくドアを開けて中へ入る。

物音がしないリビングのソファには、だらんと手を下げて仰向けに倒れている秋華がいた。血の気が引く感覚を覚えるも、そこに駆け寄り軽く肩を揺すって声をかける。

「秋華！　大丈夫か⁉」

「ぁ……桐人、さん……？」

うっすら目を開いたのでほっとするが、身体が熱く手に発疹が出ているのを見て新たな不安に襲われる。

これはまさか、病気の再燃？　最近の不調は単なる風邪ではなかったのか……気づいてやれなかったのが心底悔やまれる。

おそらく、俺に連絡しようとしたところで、なんらかの原因で失神してしまったのだろう。話せなくても、とりあえず電話が繋がってよかった。

ぼうっとしている秋華は起き上がろうとしたものの、「痛っ」と顔をしかめて腕を掴んだ。

血管の病気はピリピリとした神経痛を伴うことがある。それかもしれないと考えながら、とにかく水分を摂らせなければと経口補水液を用意した。

背中に手を当てて上体を起こし、息が荒い彼女にそれを飲ませて声をかける。

「準備をしたら病院へ行こう。乾先生がいればいいんだが」

「はい……。なんか桐人さんに会ったら、安心しちゃった」

ぐったりしているのにえへへと笑う彼女が、いじらしくてたまらない。しかし、その表情はすぐに伏し目がちになっていく。

「でも、ごめんなさい……迷惑かけてばっかりで」

「迷惑なんかじゃない。白鳥さんの夕食の件も、解決したから大丈夫だ」

秋華は意外そうに目を丸くする。きっと病気が再燃したのではないかというショックだけでなく、夕食のトラブルで落ち込んでいただろう。

具合がよくなったら詳しく話そうと決め、優しく髪を撫でて微笑みかける。

「俺はいつでも、どんな君も愛してる。悩みも苦しみも、全部俺に分けてくれ。君のためになにかできることが幸せなんだから」

六年前のように不安になってほしくなくて、精一杯の想いを伝える。相変わらず重い俺の愛に、彼女は瞳を潤ませながら笑って、「ありがとう」と答えてくれた。


乾先生に連絡してみると、ちょうど緊急手術が始まる前で、このまま残って検査すると言ってくれた。手術は二時間ほどで終わるだろうとのことだったので、その頃を見計らって病院へ向かった。

検査が終わったのは午後十時半を回る頃。遅い時間にもかかわらず、快く診てくれた先生に感謝だ。

秋華が入院のため個室に移動している間に、俺は別室で彼の診断を聞く。

「おそらく再燃だと思います。今回は腕の血管に炎症が起きたようですね。手を挙げたり、上を見上げたりするとめまいや失神が起こることがあるんです。あなたに電話した時も、おそらくそうだったんじゃないかと」

今度は腕か……。秋華の病気は再燃しやすいらしいが、こんなに早くなるとは。やはり難病は一筋縄ではいかないと思い知らされる。

しかし、再燃してしまったものは仕方がない。問題はその重症度だ。

「再燃した場合も、寛解するまでに長くかかるんですか？」

「詳しい検査を行わないとはっきり言えませんが、血液検査の結果や症状を見る限り重症ではなさそうなので、比較的軽く済むと思いますよ。投薬治療で症状自体は一、二週間で治まるんじゃないかな」

乾先生の表情からも安堵しているのがわかり、俺も頷いて胸を撫で下ろした。前回のように手術しなければいけない状態ではなさそうでよかった。秋華も少しは安心するだろう。

先生は血液検査の用紙を俺に渡し、今後の治療方針について説明する。

「今日はこのまま入院してもらって、明日造影ＭＲＩを行います。それによってですが、免疫抑制剤と一緒にステロイドももう一度併用したほうがいいかもしれませんね」

「……そのステロイドですが、新薬ができたんです」

姿勢を正し、まっすぐ目を見つめて言うと、一瞬驚いた彼の表情がみるみる険しくなっていく。

「まさか、また治験を行おうと？　六年前のこと、忘れたわけではありませんよね？」

彼の声が一気に厳しさを増し、俺の脳裏に当時の記憶が蘇る。


――六年前、実は一度秋華に会っている。白藍総合病院の、庭園のベンチで。

俺がまだ営業部の部長として経験を積んでいる最中だったあの頃。開発に携わりたかった俺は、商品を売り込む仕事にそこまでの熱意を感じていなかった。

将来跡を継ぐためにいろいろ経験しておけと、父から課せられたミッションをただこなしているだけ。そんな淡々とした日々を過ごしていた時だった。秋華に出会ったのは。

白藍で行う臨床試験の打ち合わせに同行した際に、庭園のベンチに座り込んでいる秋華を見つけた。俯いていてなんだか具合が悪そうに見えたため、心配になって声をかけたのがきっかけだ。

実際は具合が悪かったのではなく、難病を発症し治療も難しくて精神的に参っていたらしい。第三者のほうが本音を吐露しやすかったのか、彼女は見ず知らずの俺にいろいろな話をしてくれた。

これまで何度か患者とも接してきたが、リアルな苦悩を聞いたのはこの時が初めてだったと思う。

手術が難しく、このままでは歩けなくなるかもしれないこと、副作用で見た目が変わり、彼氏とも別れてしまったこと。終始俯いている彼女は自分に自信がなくなっているのだと、話を聞いているうちに察した。

なんとか励ましてあげたくて、『顔を上げてごらん』と声をかけてみた。ためらいつつも素直に上げた顔は、とても愛らしい。

『君はとても可愛いよ。いつか必ず元気になるし、君のすべてを愛してくれる人がきっと現れる』

血管の病は、完治はしなくとも改善するということは知っている。とはいえ、無責任すぎただろうかと言ったそばから反省していると、彼女はふっと笑みをこぼした。

『無責任ですね……。でも、ありがとうございます』

意外にもお礼を言われ、俺は彼女を見つめた。やや潤んだ瞳が、夕日を受けてきらきらと輝いている。

『信じるのも、諦めるのも自分次第ですもんね。だったら、希望を持って一生懸命生きたい』

意識が変わったかのような彼女の言葉に、俺自身もはっとさせられた。

つまらないと思いながら淡々と生きるのも、なにかに没頭して生きるのも自分次第。俺はこのまま、与えられた仕事をこなすだけでいいのか。

俺が動けば、彼女を助けることだってできるのではないか。この子を心から笑顔にしてあげたい――。

秋華とは一度も目が合わないままだったが、目標ができたおかげで温かなものを感じていた。彼女も同じ感覚を抱いていたらいいなと願う。

その日から、俺は営業の仕事にも一心に取り組もうと気持ちを改めた。そうしていく中で、自分も彼女の力になれるかもしれないと気がついた。

秋華は足の動脈が炎症を起こし、閉塞しそうになってしまっているのを薬でなんとか抑えている状態だと言っていた。治療法は限られていて、狭くなった血管の代わりに他の血管を移植して流れをよくするバイパス手術を行うしかない。

彼女の場合は自分の血管が使えず、手術が困難になっていた。このままでは完全に血が通わなくなって足が壊死してしまうかもしれない。

その話を聞いて思い浮かんだのは、当時シェーレで臨床試験中だった最新の人工血管を使うという方法だ。

俺たちが開発していたのは、耐久性に優れ、狭窄《きょうさく》や閉塞が起きづらく感染もしにくい、夢のような人工血管。様々な疾患に対して使われていて、これまでの試験はどれも成功しているし、費用の面でも負担は少ないだろう。

彼女も治療の道が開けるのではないだろうか。営業部長である俺にできることは、病院側にこれを提案することだ。

秋華を助けたい気持ちはもちろん強かったが、彼女だから特別というわけではない。どんな患者であれ、救える可能性があるなら精一杯対応する。

俺はさっそく秋華の主治医である乾先生にアポを取って話をした。しかし、彼女の病気に人工血管を使用した例はなかったため、彼は難色を示しすぐには承諾してもらえなかった。

『もし不具合が起きれば合併症を起こすかもしれない。まだ試験段階の人工血管を使うのは危険すぎます』

『これまで重篤な事故は起きていません。これを使わない限り、彼女の足を救う手立てはないのでしょう』

そんな意見を何度も言い合い、俺はこれまでの試験データを掻き集めて説得し続けた。最終的に『秋華ちゃん本人とご家族がそれでいいとおっしゃるなら』と、乾先生が折れた形になった。

そうして治験コーディネーターにメリットとデメリットをすべてきちんと説明してもらい、秋華は臨床試験を受けるほうを選んだ。いつできるかわからない手術を待つより、早く治る可能性に賭けたほうがいい。俺もそう信じて疑わなかったし、人工血管の質の高さには自信もあった。

乾先生の手腕は確かで、バイパス手術は無事に成功。術後三カ月ほどは注意が必要だったが、感染症も起こらず経過は順調で、秋華の足と体調はみるみる回復した。

彼女に会ったのは手術前の一度きりで、元気になったという話は乾先生から聞いた。これでやっと彼女も社会に出られる。本当によかったと、俺はひとり胸を撫で下ろしていた。

ところが数カ月後、海外で秋華と同じ方法の臨床試験が行われ、失敗して裁判沙汰になっているというニュースが飛び込んできた。国外のメーカーでもシェーレと似た人工血管の開発が進められているが、どうやら試験中に不具合が起こってしまったらしい。

この事例を知った乾先生は、俺やシェーレへの不信感を募らせるようになった。

安全性が確立されていない臨床試験では、トラブルが起こるリスクがある。それは俺も乾先生も当然承知しているが、安全性を特に疑問視していた秋華の手術はやめておくべきだったのではないかと、どうしても考えてしまうらしい。

『秋華ちゃんはたまたま成功しただけだったんですよ。一歩間違えば、彼女の足を奪っていたかもしれない。あんな危険すぎる賭け、もう俺たちにさせないでください』

ニュースが報じられた後に病院で会った彼は、暗澹とした厳しい表情で、憎しみさえこもっているような声で吐き捨てた。

ドクターたちは、もちろん一か八かの手術なんてしたくないだろう。失敗例は海外だったとはいえ、決して他人事ではない。彼らを不安にさせてしまうような製品で満足してはいけないと、この時俺は強く反省させられたのだった。

――以来、開発は絶対に妥協してはならないと改めて心に刻み、社長になってからは厳しい最終確認を怠らないよう徹底している。仕事への執着心が強くなったのも、この一連の出来事がきっかけだった。

しかし、乾先生にはまだ疑心があるらしい。

「六年前、秋華ちゃんが臨床試験を受けたいと言ったので、その意思を尊重して手術しました。でも、もし彼女の手術でトラブルが起こっていたらと思うと……八影さんのことも信用できなくなってしまったんです」

俺たちが会うたび対立しているのは、いまだに残る確執のせいだ。彼が秋華に迫ろうとするのももちろん原因のひとつだが、お互いの正義がぶつかり合ってしまうほうが大きい。

「乾先生がそう思うのも無理はありません。私自身、深く身に刻みましたから。ですが、あの一件があったから完璧を目指すことができている。シェーレの製品が高品質だと評価され、全国の病院で使われているのがその証拠です」

あの時の人工血管も、改良を重ねて今は多くの病院で使用されている。秋華に使ってほしい新薬も、試行錯誤を繰り返して出来上がった。

「今回のステロイド薬はすでに承認されています。つい数日前に申請が下りたばかりでまだ普及もしていないので、ご存じないかと思いますが」

自信を持って言うと、先生は少し驚いた様子で目線を上げた。

「副作用がまったくないわけではありませんが、従来のものに比べたら症状は格段に軽くなっていますし、重篤なものはゼロです。秋華に初めて会った頃から、ずっと研究開発し続けてきたので」

彼女が副作用で見た目が変わって苦しんでいるのを知り、もっと症状が軽くなる薬を作れないかと考えるようになった。それはちょうど新薬部門を立ち上げ、別の薬の開発を始めた頃。ステロイドの研究も進められないだろうかと各方面にかけ合ったところ、需要は高いだろうと皆の賛同を得られたのだ。

乾先生はなにかを悟ったように目を見開く。

「じゃあ、新薬を作ったのは秋華ちゃんのためだと言っても過言ではない、と……？」

「そうなりますね」

新薬が出来上がるまでには、長い年月と膨大な費用がかかる上に、開発成功率は三万分の一と言われるくらい難しい。それをやってのけたのには、秋華との出会いが必要不可欠だったわけだ。

先生も察したのだろう。度肝を抜かれたように呆然《ぼうぜん》とした彼は、〝敵わない〟とでも言いたげな笑みをふっとこぼす。

「あなたの愛が、まさかそこまでとはね……。おみそれしました」

彼の声から嫌みっぽさは感じられず、俺は肩の力を抜いた。

それから薬について説明すると、「前向きに検討します」といういい返事がもらえた。特別思い入れのあるそれを、秋華本人に使ってもらえるのはとても感慨深い。

秋華がきっかけだったのは新薬だけじゃない。仕事への熱意も、身を焦がすような恋愛も、すべて彼女が教えてくれた。

今の俺を作った、かけがえのない最愛の人。彼女を幸せにするためならなんだってできる。

この重すぎる愛情を知ったら、君はまた笑うのだろう。呆れながらも、心から嬉しそうに。

——熱に浮かされている間、夢を見た。

いや、夢というか記憶だろうか。六年前に入院していた時、庭園で話した眼鏡をかけた男性とのやり取りだった。

炎症が治まるまで手術は難しいと言われ、将来は真っ暗闇だったあの頃。再燃してしまった今、当時の苦しさを鮮明に思い出したからかもしれない。

家族がとても心配しているのはわかりきっていたから、なるべく明るく振る舞っていた。負の感情は心に溜まる一方で、もしも手術ができず歩けなくなったら……という恐怖や、副作用のつらさを第三者の彼に吐き出してしまったのだ。

『手足に気持ち悪い発疹が出てるのも、顔が丸くなってるのも病気のせいなのに、彼氏は幻滅したように離れていったんです。結局見た目なのかってすっごいムカついたけど……恋人が健康体じゃなかったら、そりゃあ面倒ですもんね』

いろいろな制約が生まれて手がかかるようになったら、中身も可愛く思えないだろう。だから仕方がないとすぐに諦めがついたし、今ではもう彼の顔も声もぼんやりとしか思い出せない。私の恋心もその程度だったのだ。

これから先も恋愛はできないんじゃないか。それどころか、ちゃんと働いて稼ぐことも、好きな場所へ行くことすらもできなかったらどうしよう。ネガティブ思考は止まらなくて、ずっと悪いほうにばかり考えてしまう。

顔を隠す癖もついていて、終始俯き気味で話していた私に、静かに耳を傾けていた彼が突然こう言った。

『顔を上げてごらん』

ドキリとして少しためらったけれど、優しい声に導かれるようにしてゆっくり顔を上げる。男性のほうは見られず、美しい夕日に目線を向けると、隣で彼が微笑んだ気がした。

『君はとても可愛いよ。いつか必ず元気になるし、君のすべてを愛してくれる人がきっと現れる』

なんて無責任な言葉をかけるんだろうと思った。可愛いなんて見え透いたお世辞だし、なんの根拠があってそんなふうに言えるのかと。

……だけど、嬉しかった。ただの出まかせだとしても、不完全な私をまるごと包んでくれるような声が、とても心地よくて涙が出そうだった。

一度きりしか会わなかったあの男性との会話は、今も夢に見るくらい印象に残っている。元カレとの思い出なんてほとんど消えてしまったのに。しかも、なんで桐人さんの声で再生されるんだろう。

ああ、思い出したら気持ちが落ち着いてきた。あの男性の言う通り、どんな私も愛すと言ってくれる人がそばにいるのだから。こんな状況だけど、私は幸せ者だな……。

病室のベッドの上で私は重い瞼を閉じ、あの頃とはまったく違う心境でぼんやり思いを巡らせていた。薬のおかげで少しつらさが和らいできたものの、まだ怠くて起き上がれない。

再び眠りに落ちそうになっていると、ノックの音が聞こえた気がした。返事もできずにいるうちに、ドアが開いて誰かが入ってくる。小声で話しているものの、桐人さんと乾先生だとわかる。

「八影さん、秋華ちゃんに言ってないんですか？　六年前のこと」

……六年前？　私が入院していた頃だけれど、いったいなんのこと？

おそらく私が眠っていると思って話しているのだろう。続きが気になって、とりあえず目を閉じたまま耳をそばだててみる。

「ええ、いいんです。私は臨床試験を提案しただけですから。彼女を救ったのは乾先生に違いないですしね」

臨床試験を提案……ってまさか、桐人さんが私の手術に関わっていたの!?

思ってもみなかった事実が明るみになって、どんどん私の頭が冴えてくる。うっすら目を開くと、視界の端に戸口に立つ桐人さんの後ろ姿を捉えた。

「夜分遅くまでありがとうございました。あとは私にお任せください。手術以外なら全力で秋華のサポートをしますので」

「根に持つなぁ……」

苦笑混じりに返す乾先生。ふたりにしかわからないやり取りをした後、彼は「では、失礼します」と声をかけて病室を出ていった。

頭を下げていた桐人さんは、私が掠《かす》れた声で名前を呼ぶとはっとしてこちらを振り返った。足早に近づいてきて、片手で私の手を握り、もう片方の手は頭を撫でる。

「秋華……！　大丈夫か？　してほしいことがあればなんでも言って」

「ありがとうございます。ちょっとよくなってきたから大丈夫です」

甲斐甲斐しい彼にふふっと笑う。そして、さっきまでの怠さが嘘のように上体を起こそうとしながら、信じられない気持ちで問いかける。

「あの、六年前に臨床試験を提案したのって、桐人さんだったんですか？　私のこと知ってたの？」

一瞬キョトンとした彼は、ふっと苦笑を漏らして「なんだ、聞いていたのか」と呟いた。

ベッドのリクライニングを起こしてもらい、脇の椅子に座って語り始める彼を見つめる。

「知ってたよ。当時は営業部長としてよく白藍に来ていたから。手術が難しいと絶望していた君をどうにか助けてあげたくて、シェーレが開発中だった人工血管を使ってくれと頼み込んだんだ。乾先生には安全性の問題でかなり反対されたが」

私は紹介された治験コーディネーターの方から話を聞くだけで、そこに桐人さんが深く関わっていたなんて考えもしなかった。臨床試験は乾先生が持ってきた話なのだと思い込んでいたし。

恩人は先生だけじゃなかったんだ……。じんわりと感動が押し寄せてきて、胸が熱くなる。

「そんな大事なこと、どうして今まで教えてくれなかったんですか？」

「俺が提案したんだ、なんて恩着せがましくて言えないだろう。君にとっての唯一の恩人は乾先生だったんだし」

「あ……」

そう言われてみればごもっともだ。知らなかったとはいえ、蚊帳の外にしてしまってすごく申し訳ない。

「秋華への思い入れは、彼以上に俺のほうが強かった自信はあるんだが」

「す、すみません」

仏頂面で本音をこぼす桐人さん、ちょっぴり拗《す》ねているな……。

ああ、だからなのか。乾先生とのことでケンカになって、私が『彼は私の足を守ってくれた唯一の恩人なんですから』と言った時、切なげな表情をしていたのは。桐人さんの心情を考えると複雑だっただろうな。

納得していると、彼は「でも」と話を続ける。

私の手術に人工血管を使うのは賭けでもあったらしく、反対していた乾先生との確執が生まれてしまったのだそう。ふたりがいつも敵対してしまうのはそういう背景があったからなのだと、再び納得した。

その過去を話す彼の表情は浮かないもので、安全性が確かではない製品をすすめた後ろめたさが今も少なからずあるのだとわかる。絢のお父さんの件で彼を励まそうと『今回の機器も、将来たくさんの人のためになるはず』と言った時、少し陰のある表情をしていたのもきっとそのせいだったのだ。

でも、あの人工血管のおかげで助かった人間は確かにここにいる。

「私は今自分の足で歩いていて、なんの支障もなく生活できてる。それは桐人さんが手術できるように頼み込んでくれたことと、乾先生が成功させてくれたおかげなのは間違いありません。本当にありがとうございます」

心から感謝して頭を下げると、桐人さんは口元を緩めた。今回は純粋に嬉しそうに。

そして、先ほど先生から聞いた私の治療について教えてくれる。

「今回の治療にシェーレの新薬を使ってもらえることになったよ。これまでと比べて副作用が出づらいもので、すでに承認もされている」

「本当ですか？　嬉しい！……けど、新薬って例のステロイド薬ですよね。もう完成したんですか？」

「研究を始めてから六年経ってるよ。これでも早いほうだが」

クスッと笑う彼に、私は驚いて「あの頃から⁉」と声をあげてしまった。

以前、確かに彼は『秋華と出会って、病気についてたくさん調べた。それがきっかけで、副作用の少ない薬を作ろうとしているのは事実だよ』と言っていた。私はシェーレで会ったのがきっかけだと思っていたのに、それよりずっと前だったとは。

「そんなに前から考えてくれていて、しかも実現させたなんて本当にすごい……！」

「秋華が心から笑って生きていけるようにするためなら、俺の命を削ってでも努力は惜しまない。まあ、君がどんな姿になろうと俺の愛は変わらないけどな」

桐人さんは私の手を取り、当然のごとく言う。その大きな愛が嬉しくて、私は照れ笑いを浮かべて「わかってます」と頷いた。

そうだよね。私が動けなくなろうが太ろうが、桐人さんは関係なく愛してくれると信じている。もう彼の愛を疑いなどしない。

彼は物足りないというようにするりと長い指を絡ませ、意味ありげに口角を上げる。

「無責任じゃなかっただろ？　『君のすべてを愛してくれる人がきっと現れる』って言葉は」

――ついさっきの夢でも聞いたひと言。記憶の映像が重なって、私は大きく目を見開いた。

そんな、まさか……あの時の眼鏡の男性って、桐人さんだったの⁉

「え、えぇっ⁉　なんで？　だって、今は眼鏡なんて……！」

「ああ、あの後レーシック手術を受けたから。シェーレのレーザー機器の臨床試験を兼ねて」

「自分で被験者になったんですか⁉」
自分の目を指差す彼に脱帽して、あんぐりと口を開けた。
自社の製品を自分の身体で試すなんて、さすがとしか言いようがない。が、それよ
り衝撃の事実の連続で驚きっぱなしだ。
俯いていてあまり顔を見なかったことと、眼鏡のおかげで別人だと思い込んでいた
けれど、桐人さん本人だったとは。遠慮なく愚痴りまくっていた自分が恥ずかし
い……。
でも、桐人さんでよかったと心から思う。
「本音を聞いてもらって、桐人さんの言葉にもすごく励まされたんですよ。気づいて
いれば、もっと早くお礼が言えたのに」
少々悔やむ私に、彼は「いいんだよ、礼なんて」と言って軽く笑った。そんな彼は、
おもむろに腰を上げてベッドの端に座り、私の髪に手を伸ばす。
「あの頃は秋華をただの患者としか見ていなかった。でもこの子を救いたいと強く
思って、がむしゃらになったのは初めてだった。シェーレで再会した時も、本当はす
ごく感激したよ。君が生き生きと働いていて嬉しかったし、手術をすすめた自分の選
択は決して間違いではなかったと思えた」

とろける瞳で私を見つめ、長い指が私の髪を滑る。愛しそうに、何度も。

「秋華と出会わなければ、〝執着心〟というものを知らなかった。仕事に対しても、恋愛でも。君のおかげで今の俺がいるんだ」

大層なひと言だけれど、私が必要だったということが伝わってきて胸が震えた。

どうしてここまで深く想って大事にしてくれるのか、今やっとしっくりきた気がする。私との出会いも再会も、桐人さんにとって鮮烈な思い入れのある特別なものだったのだ。

彼の執着心は、つまるところ愛なのだと思う。患者にも、私にも、ひたむきに向き合って相手のために尽くすことを厭《いと》わない。

そんな愛情深い彼の人生に関わることができて、私も本当に幸せだ。

「俺の人生も、愛も、君にすべてを捧げる。重いだろうが受け取ってくれ」

桐人さんらしい告白に、私は涙ぐみながらも「嬉しい」とふふっと笑った。難病持ちの私も、別の意味でだいぶ重いのでお互い様だ。

「私も、あなたにすべて捧げます」

頬に当てられた手を取って愛をお返しすると、彼の表情も幸せそうにほころんだ。

ひと足早い結婚式のごとく、誓い合って唇を寄せる。これからなにがあってもふたりの気持ちは離れないと、強く実感した夜だった。

それから、白鳥さんのフルーツの一件は絢が自作自演していたというトンデモな事実と、シェーレの機器にも異常はなかったという話を聞き、ほっと胸を撫で下ろした。和奏の予想通り、やっぱり絢は報復せずにいられなかったみたいだ。桐人さんのおかげで悪事を認めたようで、処分も検討中だと言っていたけれど、とにかくご家族に謝って二度と迷惑をかけないでほしい。

そして私は、ふたりがデイルームで話しているのを盗み見てしまったことを白状した。桐人さんは、抱きつこうとした絢をすぐさま引き離してお説教したらしい。

『よかった……絢のこと優しく慰めてるのかと思いました』

ほっとする私に、彼はものすごく嫌そうな顔をした後、なにかを考えるように顎に手を当ててこう言った。

『そんなふうに思われていたとは、まだ愛し足りないということか。もっとわからせてあげないといけないな？』

ダークな瞳で流し目を向けつつ、嬉しさをかいま見せる彼。ぎくりとした私は、息もつかせぬくらいのキスでお仕置きされたのは言うまでもない。

朝になってからチーフに連絡を入れると、とても心配していて『ヘルプ期間も終わる寸前だったし、こっちは大丈夫だから気にせずしっかり休んでね』と言ってくれた。

最後までやり遂げられなかったのは残念だけれど、退院したら皆にきちんと挨拶をしに行こう。そして、ちゃんと体調を整えてシェーレに戻るんだ。

それから私は詳しい検査を行い、腕の血管に炎症が起きているものの軽症だとはっきり診断された。それでも投薬治療は必要で、六年前から飲み続けている免疫抑制剤に加えて、シェーレの新薬であるステロイドを服用することになった。

桐人さんを無条件に信頼しているので、新薬でも不安はないし、むしろ副作用が少ないということで期待のほうが大きい。彼が幻滅しなくても、やっぱりムーンフェイスになるのは嫌だもの。

怠さや痺れなどの症状は一週間ほどで治まってくるだろうとのこと。入院も血液検査の結果が安定するまでの二、三日で済みそうなので本当によかった。

乾先生がそう言っていた通り、二日経った今日はだいぶ体調がよくなってきて、デイルームでひなたぼっこをしている。同じく入院中のおばあさんと話してほのぼの過ごしていると、思わぬ人物がうろうろしているのに気づいて私は目を丸くした。

「え、絢!?」

いつもは腎臓内科にいる彼女が、なぜか血管外科にいる。驚いて声をあげると、彼女はびくっと肩を跳ねさせた後、とても居心地悪そうな顔をして目を背ける。

「……やっぱり帰るわ」

「ちょっとちょっと！」

慌てて止めて私が彼女に近づいていくと、絢は気まずそうにしながらもひとまず席についた。なにから切り出そうか迷っている感じで目を合わせないので、こちらから振ってみる。

「違ってたら悪いけど、謝りに来てくれたの？」

ストレートに言うと、彼女はかあっと顔を赤くして動揺を露わにする。

「おっ、思い上がるのもいい加減に——！」

「だってそれ、私が好きなドーナツでしょ」

膝の上に乗せている箱が、私たちが高校の頃から人気のドーナツ屋のものだとすでに気づいていた。当時私が、『ここのドーナツが一番好き』と絢に話したのも覚えている。

彼女も覚えていたなんて意外だけれど、その懐かしいチョイスがなんだか嬉しくて口元が緩んだ。

図星を指された絢は、顔を赤くしたままそろそろとドーナツの箱をテーブルの上に置き、私に差し出して口を開く。

「……この間は、ごめんなさい。秋華を悪者にしようとして」

しっかり謝罪の言葉が聞こえてきて、心に残っていたもやが綺麗に消えていく。ただ、簡単に許したくない気持ちもあり、ちょっと意地悪に返してみる。

「あのせいで、皆の視線がめちゃくちゃ痛かったんだけど」

「うっ……た、たぶん私、なにか悪いものに取り憑《つ》かれてたんじゃないかって思うの！　そうじゃなきゃあんな馬鹿なことしないし、どうかしてたのよ！」

「言い訳がすぎる」

表情を無にして一刀両断すると、絢は身を縮めてもう一度「ごめん」とぼそっと謝った。決まりが悪そうにしながら、やっと本音を語り始める。

「秋華が私の欲しかったもの全部持ってるから、負けたような気持ちになってた。それで意地になって、みっともないことを……。人って、手に入らないと執着してしまうものなのかもね」

執着という単語に反応してしまったけれど、人それぞれなんだなと思う。絢のように執着心が決していいとは言えない方向に向く人と、桐人さんのように誰かを幸せにできる人がいるから。

「皆に迷惑かけて悪かったたって反省してる。厨房の人にも謝っておいて。シェーレならともかく、ここじゃ私は患者の家族でしかないから入れないだろうし」

「うん。わかった」

ちゃんと過ちを悔いているようなので、私もしっかり了承した。彼女はどこか吹っ切れたように顔を上げて深く息を吸い、さっぱりとした調子で言う。

「私、総務に異動になると思う。昇進の件も白紙。まあ当然よね」

「……そっか」

「振り出しに戻ったけど、また一番を目指すわ。どこに行っても適応できるタイプだから」

開発に直接関わらない部署へ異動という処分になったようだけれど、絢は納得しているようだ。むしろ前向きで、羨ましいほど自己肯定感が高い。

でも痛い目を見ただろうし、これを機に彼女は変わっていくかもしれないと思いながら自然に口角を上げる。

「頑張ろうね。お互いの場所で」

私も明るく声をかけると、彼女はこれまでとは少し違った穏やかな笑みを見せて小さく頷く。そして「あんたは早く体調治しなさいよ」と、ぶっきらぼうだけれど気遣う言葉をくれた。

桐人さんが来たら、絢がちゃんと謝罪してくれたと伝えよう。病気に関しても人間関係も、心の憂いはなくなった。きっと今よりもっと明るい未来が待っていると、私は確信していた。

――約一カ月後、病気の症状もすっかり寛解して平穏な日常を取り戻した私は、結婚式の衣装を選ぶため式場へ来ていた。

白と淡いピンクを基調とした、まるでお姫様の部屋のようなフィッティングルームに入るのは、私に加えてこの空間にあまり似つかわしくない男性ふたり。

「なんで俺が妹のドレス選びに付き添わなきゃいけないんだ……」

「私も秋華の美麗な姿をひとり占めしたかったんですが」

兄が据わった目でガーリーな部屋を見回してぼやき、私の隣にいる桐人さんも本音を漏らした。

本当は私の母が来る予定だったのだが、父がぎっくり腰になってしまい世話をしなければいけなくなったらしい。そこで、たまたま時間の取れた兄に『代わりに行って写真撮ってきて！』と頼まれたのだとか。

おかげで今、とても違和感のある光景となっているわけだ。桐人さんと兄がふたりきりになった時、どんな会話をするのかなにげに気になるけれど、ひとまず私は選んだドレスを試着しなくては。

念のためふたりに「仲よくね」とひと声かけ、試着室の中へ入るとカーテンが閉められた。

ドレスコーディネーターの女性が真っ白なウェディングドレスを着せてくれている最中、ふたりの声が聞こえてくる。

「お義兄様はいらっしゃらないのですか？　将来を考える相手は」

「いないいっすねぇ。つーか、そのお義兄様ってのやめてください。わざと言ってるでしょう」

きっと兄は口の端を引きつらせているだろう。ふたりの顔が想像できてつい笑ってしまう。一応小声で話しているみたいだけれど、全部聞こえているし。

というか、お兄ちゃんやっぱり彼女いないんだ。弁護士で顔もいいのだからモテるだろうに、浮いた話をほとんど聞かないもんな。

ちょっぴり物足りなく感じていたものの、彼は真面目な調子になって話し出す。

「秋華が幸せになるまで自分は二の次でいいと思ってたから、あまり結婚も意識してなかったんですよ。病気で苦しんでるあいつを見ていたら、俺が先を越すわけにいかないなって」

パニエの紐《ひも》がきゅっと結ばれると同時に、それを聞いて目を見開いた。

初めて知った、お兄ちゃんの気持ち……。私がやりたいこともやれず闘病しているのを見て、自分が充実した日を送るのは申し訳なく感じたのかな。そんなふうに思わなくていいのに。

じんとしていると、桐人さんが共感するように返す。

「血管の病気は見た目に現れるから、恋愛もうまくいかなかったみたいですしね」

「ええ。それで引くような男なんかやめといて正解だって、今はあいつも思ってるはずですけど、当時はかなり落ち込んでました。そういう点でも、理解のある八影さんと一緒になれてよかったと思ってますよ」

言葉の最後に、彼が穏やかに笑ったのがわかった。

意地悪なところもあるけれど、本当に妹思いの兄だ。彼にも絶対に幸せになってもらいたい。

胸がぽかぽかしていたものの、次いで桐人さんがやや硬い声色で言う。

「元カレは最低ですね。変な虫が寄りつかないでほしい気持ちは当然ありますが、彼女を傷つけたと思うとその男を切り刻んでやりたくなります」

「おいおいおい」

心の中の私と同じリアクションをする兄だけれど、桐人さんはさらに続ける。

「たとえ秋華が障がいを持っていたとしても、私にとっては大きな問題ではありません。彼女がそばにいることが一番大事なので。それは一生変わりません」

彼が迷いなく言い切るので、嬉しくて思わず口元がほころんだ。兄にまで宣言してくれるなんて。

コーディネーターさんも微笑ましげに笑う。彼女にまで聞かれていて恥ずかしいけれど、とても幸せな気分だった。

そうしているうちに、ふわっとしたプリンセスラインのウェディングドレスの試着が完了した。鏡に映る姿はそれなりに綺麗だと、自分でも思えるくらいで感激する。

退院してからも薬は飲み続けているけれど、症状はほとんど出ていないしムーンフェイスにもなっていない。シェーレの新薬のおかげなので、桐人さんたちには感謝しきりだ。

こうして身体を気にせずドレスを着られるのも本当に嬉しい。見慣れない姿だからちょっぴり照れるけれど。

カーテンが開けられ、私と対面したふたりは一瞬言葉を失い静かになる。

まず選んだのは、レースが重なったボリュームのあるスカートに、オフショルダーで肩が品よく露わになっているデザインのもの。恥ずかしくて目線だけ上げ、ふたりを交互に見やる。

「どう、ですか？　ふわふわしてて、私にはちょっと可愛すぎるかな」

「いいや、ものすごく似合ってる。この世のなにより綺麗だ……今すぐ抱きしめたい。尊い」

「俺がいること忘れないでくださいね？」

感動して片手で口元を覆いつつ褒めまくる桐人さんの隣で、兄はあらゆる角度から何枚も写真を撮る。ふたりともいつの間にか総立ちになっている。

ドレスコーディネーターの女性に、にこにこの笑顔で「本当に素敵な旦那様とお兄様ですね」と言われ、私は少し自慢げに「はい」としっかり頷いた。

その後も何着かドレスを試着してみたが、桐人さんは本気で悩んでいる。

「どれも似合っていて選べない。お色直し五回くらいしたほうがいいんじゃないか」

「ふふっ、一回で十分ですよ。でも、そんなふうに言ってくれて嬉しい」

幸せオーラ全開の私に、桐人さんもふわりと優しく微笑む。結局、のろけ合う私たちに業を煮やした兄に諭され、なんとかドレスを厳選したのだった。

ドレス選びを終えて帰宅した夜、私は自宅のベッドに寝転がってスマホで動画を見ている。先日、ステロイドの新薬についてニュースの特集で放送されたものだ。実用化が始まったそれが実際にどのように使われているのか、効果や課題なども解説している。

私は実際に使っているのでそれはよく知っているのだが、目的は社長のインタビューだ。画面越しに見る旦那様もとってもカッコよくて惚れ惚れしてしまっている。

「また見てるのか、それ」

「うん。すごいなーって思って」

隣にやってきた桐人さんが呆れ気味に笑い、シャツを脱いで筋肉質な上半身を露わにする。

「秋華の経過も良好だしな。このままなら、きっと順調にまたゼロにできる」

彼の言う通り、大きな不調はなく薬を減らしていけそう。再びシェーレで働いているけれど、皆にも迷惑をかけたくないのでほっとしている。すべて革新的な新薬のおかげだ。

「薬もなんだけど、メディアに出てる桐人さんを見たくて。何回見ても素敵……」

真剣な表情で思いを語る彼を、目をハートにしてうっとり眺めていると、サッとスマホを取り上げられる。

「あ」と声を漏らすと同時にくるりと仰向けにされ、いたずらっぽく口角を上げた彼に組み敷かれる。

「本物がいるんだから、そろそろこっちを見てくれる？」

「桐人さんだって、さっきまで私のドレス姿の写真ずっと見てたくせに」

試着中は自分の目に焼きつけておきたいからと、桐人さんは珍しく写真を撮らなかった。そんな彼に、兄が『どうせ欲しいでしょうから』と送ってくれたらしい。

彼はうっとりとした表情になり、キャミソールだけ身につけた私のデコルテの辺りを指でつつっとなぞる。

「君の世界一素敵な姿、堪能しなきゃもったいないだろう。いつでも見られるように壁紙にしてある」

「えっ⁉」

スマホの壁紙に？　もしや、これまでもずっとそうしてあったんだろうか。いや、絶対そうだな。愛妻家なのは嬉しいけれど、ちょっと恥ずかしい。

「誰かに見られないでくださいね。恥ずかしいので……いろんな意味で」

「見せるわけない。本当は皐月くんにだって見せたくなかったくらいなんだから」

相変わらず強い独占欲を露わにする彼は、私の唇を塞いでキャミソールをたくし上げる。いたずらに触れられ、身体がすぐに熱を帯びて甘い吐息が漏れた。

「この綺麗な肌も、今みたいな色っぽい顔も、全部俺だけのものだ。そうだろ？」

愛撫しながら確認され、私は目を細めつつ「もちろんです」と答える。桐人さんは満足げに微笑み、胸元や内ももにまでキスを落としていった。

私の弱いところを全部知り尽くしている彼は、焦らすのもいかせるのも思いのまま。深く繋がって揺さぶって、一度達したのに休む間もなく腰をぶつけてくる。

「あっ、あ、待って、まだ……っ」

「ん……中、すごいことになってる。気持ちいい？」

ヒクついているのがわかる中で彼が動くのは、刺激が強いのにクセになって、私は涙目になりながらうんうんと頷く。

またすぐに大きな快感が襲ってきそうで、ぎゅっと枕の端を掴んでいると、桐人さんは快感を堪えるようにわずかに眉根を寄せた。

「こんなに締めつけて……離したくないって言われてるみたいだ」

「んっ……だって、好きだから」

桐人さんだから身体も悦んでしまうの。できるならずっと繋がっていたいと思うくらい、大好き。

彼は汗ばんだ顔をとても幸せそうにほころばせ、一度動きを止めて私をぎゅっと抱きしめる。

「秋華からの〝好き〟は最高に嬉しいよ。もっともっと俺に溺れるように愛してあげる。嫌とは言わせない」

少し意地悪な目をしたかと思うと、再び私の奥を突いて翻弄し始める。もう心も身体も十分あなたに溺れているのに。

こんなに毎晩愛されて、結婚式までもつだろうか……。そんな幸せな心配事ならできてもいいかなと、逞しい背中にしがみつきながら思った。

——迎えた結婚式当日、最高級ホテルの神聖なチャペルで、私たちは愛を誓い合った。外はすっきりと晴れた青空が広がり、併設されたガーデンを囲む爽やかな新緑にまで祝福されているような気がする。

シルバーのタキシードに身を包んだ桐人さんも、王子様のごとくカッコいい。誓いのキスの時、「いつまでも愛してる」と囁いてくれて夢見心地だった。ふとした瞬間、毎夜の獣のような彼が脳裏をよぎり、そのギャップにドキドキしてしまうのは内緒にしておく。

私も桐人さんも派手にするのは好みじゃないので、比較的小規模の式にした。参列しているのは家族と親しい友人、お互いの職場の役職者たちに厳選したおかげで、緊張もほどほどに済んでよかったと思う。

荘厳な挙式を終えた今、緑が鮮やかなガーデンに出て記念撮影をするところ。気をラクにして皆と話すチャンスだ。

落ち着いて祝福してくれる八影家の皆さんに対し、稲森家はなんだか騒がしい。

「秋華ぁ～おめでどぉぉ～」

「いつまで泣いてんだ」

だばだばと涙を流す父に、兄が呆れ気味にツッコむ。バージンロードを歩く時は私も父も必死に涙を堪えていたのだけど、今は嗚咽《おえつ》する彼に笑いが起きてしまう。

妹の私から見ても正装姿がイケてる兄は、いたずらっぽく口角を上げる。

「ちゃんと花嫁らしくなってるじゃん」

「素直に褒めてよねー」

頬を膨らませて言い返すも、すぐに笑顔になる。こんな兄だけれど、いつも私を心配していた優しい人だと知っているから。

「お兄ちゃん、ありがとう」

改まってお礼を言う私に、彼はほんの少し気恥ずかしそうにしながら「幸せにな」と温かい言葉をくれた。

お父さんは涙を拭き、桐人さんに向き直る。

「闘病していた頃からずっと、娘のためにありがとう」

「これからもよろしくお願いしますね」

すっかり涙も乾いて晴れ晴れとした顔をしているお母さんも、彼に頭を下げた。ふたりにも六年前の臨床試験について話したので、ずっとお礼を言いたかったらしい。

「ええ。一生支えていきます」

背筋を伸ばして答える桐人さんに、ふたりはますます信頼している様子で微笑みかけた。

「秋華ちゃんを一生支えていくのは俺も同じですけどね。医者として」

桐人さんに対抗するように割り込んできたのは、スーツ姿もキマっている乾先生だ。

隣にはドレスアップした可愛い結海ちゃんがいて、「も～この女たらしがすみません！」と私たちに頭を下げていた。

桐人さんは和やかだった表情を、すっと無にして乾先生に向ける。

「あなたを呼ぶべきかかなり迷いましたが、やっぱりやめておけばよかったです」

「なんてこと言うんですか、仕事でも世話になってるのに」

嫌みを言われてもものともせず、へらりと返す先生に私も笑ってしまう。

あれから先生もシェーレの製品を積極的に使うようになったらしく、桐人さんとの確執もなくなってきているように感じる。とはいえ、犬猿の仲なのは今後も変わらなさそうだけれど。

結海ちゃんも現在は私と同じく数週間に一度通院している。彼女もシェーレの新薬に変えたそうで、症状も治まってきているようだ。

その感謝を彼女が桐人さんに伝えている隙に、乾先生が小声で話しかけてくる。

「秋華ちゃん、こんな時に言うべきじゃないけど……八影さんのおかげで手術ができたこと、内緒にしていてごめん」

真面目な様子になって謝るので、私はキョトンとする。

「なんで謝るんですか？」

「あの人が秋華ちゃんのためにすごく必死だったってこと、俺が早く教えていたほうが君は嬉しかったよなって」

なにか思惑があって、あえて内緒にしていたような素振りだ。教えてほしかった気持ちはやまやまだけれど、それに対して嫌な気持ちにはならない。

桐人さん、そんなに一生懸命頼み込んでくれていたんだ……。感動でじんとする私に対し、先生は自嘲気味の笑みをこぼす。

「心のどこかで、医者として妬む気持ちがあったんだと思う。俺にはできないことを、彼は可能にしたんだから。秋華ちゃんを助けたのは俺だって、思われていたかったのかもしれない」

乾先生の心情を初めて知った。医者としてのプライドが、桐人さんへの対抗心みたいなものを生んでしまっていたのだろう。

でも、私はもちろん先生にも心から感謝している。

「先生が私を助けてくれたのは確かでしょう。ずっと恩人に変わりないですよ」

にっこり微笑みかけると、彼も穏やかに表情をほころばせた。ちょっぴりシリアスな雰囲気になったのもつかの間、いつもの甘い笑みに変化する。

「そんなに綺麗な姿で優しくされると、俺の悪い男の部分が疼きそう」

「絶対ダメです！」

まったくこのお医者様は！と首をぶんぶん横に振ると、先生はおかしそうに笑った。

相変わらず軽くて呆れてしまうけれど、彼も信念を持ったプロなのだ。自分には心強い味方がたくさんいると改めて実感して、とてもありがたくなった。

桐人さんと話していた結海ちゃんが、今度は私に笑顔で向き直る。

「秋華さん、おめでとうございます。旦那様が実はシェーレの社長だって聞いた時は、めちゃくちゃびっくりしましたよ。私たちの救世主じゃん！って」

「ありがとう。私も、すごい人だなっていつも思ってる。でも、結海ちゃんだって素敵な彼がいるでしょ」

実は彼女、病気がきっかけで大学の先輩の彼氏ができたらしいのだ。

結海ちゃんがムーンフェイスになるのを極端に嫌がっていたのは、好きな人がいるからだと後々知った。彼に病気を告白したら、『僕がちゃんと勉強して支える』と言ってくれたのだそう。

えへへと照れ笑いを浮かべる彼女は、とっても幸せそう。

「神様みたいな人もいるもんですね〜。美しすぎるふたりを見てたら、いつか結婚したいって夢がますます膨らみました！」

「うん、大丈夫。私たちはなんでもできるよ」

病気だからって諦めなくていい。自分のすべてを包み込んでくれる人はきっといるから。

笑い合っていると、和奏と麗さんがやってきた。「「おめでとう～！」」と明るい声をかけてくれる彼女たちだが、私も祝いたいことがある。

「麗さんもおめでとうございます！　赤ちゃん順調ですか？」

「うん、ありがとう。順調すぎて体重増加に注意しないと」

母性を感じる笑顔を見せる麗さんは、今妊娠五カ月に入ったところなのだ。

和奏と焼き鳥屋に行ったあたりから体調を崩していた彼女だが、つわりのせいだったとわかった時は私たちも大喜びした。

ふんわりしたドレスでお腹は目立たないけれど、触らせてもらうと膨らみがわかる。ここに赤ちゃんがいるんだ……と実感して、すごく感動する。

ママになる彼女の隣にやってくるのは、久々にお会いしたわが社のトップ、不破社長。夫婦共々お世話になっているので招待したのだが、忙しい中参列してくれてありがたい。

旦那様として、プレパパとしてますます素敵になった気がする社長は、体重を気にする麗さんの頭をぽんと撫でる。

「家でもお前の専属シェフがいるからな」

「そうなの、この人いつも作りすぎるのよ。美味しいからつい食べすぎちゃうし」

不敵に微笑む社長に、麗さんは口を尖らせながらも幸せそう。社長は元調理師なので、プロ並みの料理を作ってくれるのだから羨ましい限りだ。

美男美女夫婦のやり取りにきゅんとしていると、和奏がお腹いっぱいとでも言いたげなため息を漏らす。

「皆幸せでええなぁ。私もそろそろ本格的に相方探さへんと。私のノリについてこれる人、誰かおらへんかな」

「いるじゃない、ひとり」

目線を頼久さんと歓談しているお兄ちゃんに送ってみせる。焼き鳥屋で飲んで以来、連絡先も交換したみたいだし、やっぱり一番気が合うんじゃないかと思うのだ。

キョトンとしてそちらを見た和奏は、ぽっと頬を染めて私に顔を近づける。

「……友達が兄貴と付き合うってアリなん？」

「大いにアリです」

ふたりがうまくいったらもちろん嬉しいので頷くと、彼女は「ほな頑張るか～」とやる気を出していた。まんざらでもなさそうで、私はほくそ笑む。

　ほくほくした気分になる私の横では、不破社長が「おめでとうございます、八影社長」と桐人さんに挨拶している。

「社長に『いつか稲森さんをシェーレにください』と言われた時も驚きましたけど、まさかその彼女と結婚なさるとは」

　意味深な笑みを浮かべる不破社長の発言はすぐに理解できず、私は首をかしげて問いかける。

「どういうことですか?」

「シェーレの社食をうちが請け負うことに決まった頃、レセプションに八影社長も招待したんだ。その時に社長が君の存在に気づいたらしくて、すごく真剣に頼まれたんだよ。前に話したことがあったんだって?」

　しばしぽかんとしていた私は、頭の中で情報を整理して「えぇっ⁉」と声をあげてしまった。

　そういえば、桐人さんが持っていた写真の一枚は、そのレセプションパーティーで撮られたものだったっけ。あの場に彼もいたのか……知らなかった。

　写真の謎が解けてスッキリしたけれど、あの頃から撮ってたんかい！と盛大にツッコみたい。

さらに、『いつか稲森さんをシェーレにください』と言っていたということは……。

「まさか、私が異動したのって、それで……⁉」

「いや、ちゃんと実力を見た上で決めたよ。まあ、鬼気迫る様子で八影社長から頼まれたのも、理由のひとつではあるけどな」

面白がっている調子で不破社長から明かされ、私はただただ驚く。まだこんなに知らない事実があったなんて！

当の本人は暴露されても構わないらしく、満足げに口角を上げて不破社長にお礼を言う。

「その節はご考慮いただきありがとうございました。おかげで秋華と夫婦になれましたし、毎日職場でもこっそり可愛い妻を眺められて幸せです」

桐人さん、さらっと本性を現していますよ……。もはや人前でも重めな溺愛っぷりを隠さなくなっていて、私は頬を赤らめてどぎまぎしてしまう。

こんな彼を初めて目の当たりにしたであろうパーフェクト・マネジメントのメンバーは、にんまりしながらとても貴重そうに眺めていた。

写真撮影をした後、私はやや呆れ気味に桐人さんにこっそり話しかける。

「まさかあの頃から写真を撮っていたとは思いませんでした。しかも、私を引き抜こうとしてたなんて……思いっきり私情で」

でも、まだちゃんと再会する前だし、私を好きだったわけではないよね。少し疑問に思っていると、桐人さんはしたり顔で言う。

「ちゃんと顔を上げて、皆に笑顔で接する君を見たら嬉しくなって写真を撮っておいたんだ。君をくれと言ったのも、いい仕事をしてくれるはずだと思ったからだよ」

意外な理由を聞いて、とくんと胸が鳴った。

そうか、あの時の桐人さんは六年前の俯いている私しか見ていなかったから……。彼が私を写真に収めるのには、本当に下心なんてなにもないんだなと思わされてほっこりする。

「まあ、半分は私情なんだが」

「やっぱり！」

ツッコむ私に、彼は「お気に入りは常にそばに置いておきたくて」と、悪びれもせず口角を上げた。

彼はすでにその頃から私に執着するようになっていたのかもしれない。私の人生の重要な出来事にはいつも彼が絡んでいて、もはやあっぱれだった。

その後、悩みに悩んで決めたドレスを纏って行った、余興少なめの和やかな披露宴も無事に終わった。ドレスも脱いで魔法が解けたような気分だけれど、今夜はこのホテルに泊まるのでまだまだ夢見心地でいられる。

午後七時過ぎ、人生初のスイートルームにチェックインした。眼下に広がる素敵すぎる夜景と、ラグジュアリーなインテリアに感激してひと通り堪能した私は、広いベッドに仰向けになって倒れた。

「すっごく楽しかったけど疲れたぁ〜。今日はもうなにもしたくない……」

「抱かれるのも嫌か?」

ギシ、とスプリングを軋《きし》ませてベッドの脇に腰を下ろした旦那様が、私の顔の横に手をついて問いかける。表情には疲れよりも欲情が滲んでいて、そのタフさにドキッとしてしまう。

「結婚初夜は、いつも以上にとろけさせてあげようと思ったんだが」

「……その元気はあります」

頬に熱が帯びるのを感じながら答えると、桐人さんはふっと笑みをこぼして私の額に口づけた。

しばしじゃれ合うようなキスをしながら、彼の首に手を回して言う。

「さっき乾先生に言われました。『妊娠をきっかけに病気が再燃した例もあるから、タイミングとかよく考えてね』って」

「あの人……結婚式でそんなこと言うなと叱りたいが、まあその通りだな。俺はいつ子供ができても構わない。秋華をサポートする覚悟も準備もできているから」

甘い表情で宣言する彼がとても頼もしいし、嬉しくもあって「ありがとう」とはにかんだ。

桐人さんも子供が好きなんだな、って以前も思ったっけ。あれは一向に手を出されなくて悩んでいた頃、子供が欲しいか聞いてみた時だったはず。

懐かしく感じていると、当時のことでふと気になるひと言を思い出した。

「そういえば……ルームシェア婚を始めた日、私を抱かなかったのはまだ付き合ったばかりだったからって話してくれたでしょう？　でも確か、『理由はそれだけじゃない』とも言ってましたよね。あれってなんだったんですか？」

服を脱がされる直前に問いかけると、彼は一瞬キョトンとした。が、すぐに思い出したらしく、目を細めて「ああ、あれはね」と話し出す。

「君が好きすぎて意識を失くすまで抱き潰しかねないし、なんなら孕《はら》ませてしまいたいとも思っていたから」

「っ、え⁉」

「急にそんなセックスをされたら嫌だろう。だから自分をコントロールできるようになるまで我慢していたんだ。初めての時、君を壊してしまわなくてよかったよ」

にこりと微笑む彼。もうひとつの抱かない理由が想像以上に重たいもので、私の身体は火照ると同時に強張った。

だって〝孕ませたい〟って言葉をリアルに聞くとは！　まさかそこまでの激重感情を抱いていたなんて、どれだけ私を驚かせるのか。

「……私、まだまだ桐人さんのことわかってなかったみたいですね」

「楽しみがあっていいだろ」

そんなふうに茶化すので、私も笑ってしまった。

桐人さんの秘密は、いつも私への愛が詰まっているものだから嬉しくなる。結局、私も彼に執着しているのだと思う。

でも一生を誓った相手だもの、きっとそれくらいがちょうどいい。

とびきり甘いキスを交わし、淫らに熱い素肌を重ねる。

「秋華との子供、絶対に可愛いだろうな」

「うん。私も欲しいです」

吐息交じりにお互いの気持ちを確かめ、私たちは初めてなにもつけずに愛し合った。
家族が増えても、きっと彼の重めの愛は留まるところを知らないだろう。そんな彼に、私はどこまでもついていく。

End

特別書き下ろし番外編

愛が重いのはどちらか

まだまだ残暑厳しい九月、とある日の午後五時半。俺は最愛の家族を連れて都内のテーマパークを訪れた。

今も昔も子供に人気の、可愛らしいキャラクターのショーやアトラクションを楽しめるところで、たくさんのグッズやフードメニューもある。子供にはたまらない夢の国だろう。

結婚四年目の今、俺が手を繋いでいるのは秋華ではなく、もっともっと小さなお姫様。もうすぐ綺麗にライトアップされるであろうエントランスを見上げ、目をまん丸にしている。

「きょう、ここであそぶ!?」

「そうだよ。よかったね~」

もう片方の手を繋いでいる秋華が微笑みかけると、娘は緩いロープのように編んだローポニーテールを揺らして「やったぁ!」と飛び跳ねた。

今日で三歳になった花恋《かれん》はとても可愛くて、目の中に入れても、頭突きされても痛くない。この間、膝の上に座らせていた彼女が急に動き出し、顎に頭突きをくらったが無条件で許せてしまった。

最愛の人との子なのだから当然だが、さらさらの髪も柔らかでふっくらした頬も、大きな二重の瞳もすべてが愛くるしい。秋華とこの子だけは、自分の命に代えても守りたいと思う。

結婚式の夜から自然に任せていて、妊娠がわかったのはそれから約半年後。秋華の病気が気がかりだったが、出産まで幸い再燃はせずに人並みのマタニティライフを送れた。

産後もなるべくストレスがかからないよう、時々花恋を連れ出したり、夜泣きした時も起きるようにしたりと、俺もできる限りのサポートをしているつもりだ。

誕生日の今日は目一杯祝ってあげたい。小さな身体を抱き上げ、こっそり囁く。

「今日は花恋の誕生日だから、どの乗り物に乗ってもいいし、欲しい物はなんでも買ってあげるよ」

「わーい！　パパ、だいしゅき」

目を輝かせた彼女に頬にちゅーっとキスをされ、口元が緩みっぱなしだ。ああ、このままずっと抱きしめていたい……。

ところが花恋は、はっとした様子で顔を離す。

「でもパパ、ママにおこられちゃうよ。あまかしちゃ、めっ！って」

「〝甘やかしちゃダメ〟ね」

花恋の後方から秋華がぬっと顔を出した。

俺があまりにも花恋を溺愛して、ついなんでもやってあげようとしてしまうので、秋華がストップをかけるのが常になっているのだ。

今もきっとたしなめられるだろうと俺も思ったのだが、彼女はそれよりテーマパークの状況が気になるようで周りを見回している。

「本当はそう言いたいところなんだけど、私は今それの比にならないくらいびっくりしてて……。桐人さん、ここに私たち以外の人がいないのはなぜ？」

まさか、という調子で尋ねられたので、俺は得意げに口角を上げる。

「もちろん、貸切にしたから」

「嘘でしょ〜！」

間髪を容れずに彼女の叫び声が響き渡った。

そう、今日この時間に来たのは、閉園後のここを貸切にしたから。こういうサービスを行っていると知った三カ月前に、さっそく申し込んでおいたのだ。

スタッフ以外誰もいないエントランスは、それだけでも幻想的でロマンチックさが増している。この景色を花恋にひとり占めさせてあげたかったのもあるが、メリットは他にもたくさんある。

「前回は人が多すぎて危なかっただろう。君たちになにかあったらいけないから、いっそ貸切にしたほうがいいと思ってね。待ち時間がないから花恋も飽きないし、皆必要以上に疲れないし、俺も安心してふたりが喜ぶところをじっくり眺めていられる」

「相変わらず愛が壮大ですね……」

俺の目的を聞いて、秋華が苦笑した。もちろん今も、愛の重さは変わっていないどころか増している気さえする。

足を止めていた俺たちに、花恋が痺れを切らしてゲートのほうを指差す。

「はやくいこ！　たのしーよ！」

「そうだね。花恋の誕生日に免じて、今日は贅沢もよしとしましょう」

秋華が明るく笑い、俺たちは再び手を繋いで歩き出した。

ゲートをくぐると、宮殿か城のような非日常感たっぷりの世界が広がっていて、キャラクターたちが誕生日を祝ってくれる。

前回来た時、花恋は大きな着ぐるみをおっかなびっくりという感じで遠巻きに見ていたが、今日は自分から抱きつきに行ったので、成長したんだなと感慨深くなった。

広い園内はどこを見てもフォトジェニックだ。景色を楽しみつつ、まずコーヒーカップやボートなどのアトラクションを楽しんでから、予約しておいた園内のレストランで夕食を食べた。

そしてこれから、メインのショーが始まる。わくわくしている花恋を間に挟んで座席に座り、秋華が満足げなため息をつく。

「私たちだけのためにやってくれるなんて、スタッフの皆さんにちょっと申し訳ない気もするけど、確かに快適さは抜群だなぁ。迷子になる心配も少ないし、お土産もゆっくり選べるし」

「ああ。それに、秋華を他の男の視線からも守れる」

貸切にした大きなメリットのひとつがそれだ。客の中には卑しい目で見てくる輩がいないとも限らないのだから。

そういうことに無頓着な秋華は、ぷっと噴き出す。

「私に目をつける人なんていないよ〜。もう見た目からしてママでしょ」

「いいや、俺は出かけるたびに心配している。君は永遠に可愛いんだから」

花恋を連れていなければ、ママだとは思われないだろう。いや、子連れかどうかにかかわらず秋華は魅力が溢《あふ》れているから、男の目は常に気になるのだ。

本気で言う俺に、彼女はぽっと頬を染めて照れた笑みを浮かべる。

「またまた、桐人さんってば」

意味はわかっていないだろうが、花恋が面白がってマネをするので俺たちも笑った。

「またまた～」

脚を組んで肘をつき、もう片方の手で小さな頭を優しく撫でる。

「花恋も同じだよ。誰かにさらわれやしないか心配だ。学校に行くようになったらなおさら……毎日送迎したい」

「ほどほどにね、花恋の自立のために」

案の定たしなめられたかと思うと、カシャッというシャッター音がした。顔を上げると、秋華が花恋ではなく俺のほうにスマホを向けている。

「ん？　今、俺の写真撮った？」

「うん。桐人さん、モデルみたいで素敵」

どこにモデルの要素があったのかと首をかしげる俺に、彼女は無邪気に笑って画面を操作する。そして、なぜか写真が並んでいるディスプレイを見せられた。

「メディアに出てる桐人さんを見てから、私も写真や映像に残しておきたいなと思うようになって。実物を見てるのとはまた違う魅力があるよね。こうやって撮っておいて、花恋が大人になったら〝若い時のパパもカッコいいでしょ〟って自慢するの」

えへへ、と笑う彼女のアルバムには、花恋に混ざって俺単体の写真がいくつかあった。いつ撮っていたんだ？と目が点になる。

まさか、自分がしていたことを彼女がするようになるとは。ニヤけそうになる口元を片手で隠す。

「君もなかなか……いや、なんでもない」

「え？」

「好きだよ。どうしようもなく」

突然告白する俺に、彼女はキョトンとしつつ「私も」と返してくれた。

君のほくろの数と位置まで把握している俺の執着に比べたら、写真なんて可愛いものだ。でも、愛の重さの天秤《てんびん》がつり合ってきているようで嬉しい。

来月は秋華の誕生日だ。プレゼントはなにをあげようか。

結婚した頃がちょうど誕生日近くだったので、最初のプレゼントは指輪になった。

次の年にはネックレス、さらに翌年はピアス……と、毎年身につけられるものを贈っている。

君の全身を俺が独占しているような気になれるから、という本音はあえて口にしていないが、彼女はもう気づいているかもしれないな。

年を追うごとに俺たちの愛は深まっていく。この先も、どれだけ幸せな人生が待っていることだろうか。

始まったショーよりも、目を輝かせる愛しいふたりを眺め、俺は未来への期待で胸を膨らませていた。

End

あとがき

本作をお読みくださった皆様、ありがとうございます！　葉月りゅうです。

実はずっと書いてみたかった、ちょっと危ない執着溺愛モノにこのたび挑戦させていただきました。ベリーズではっきりヤンデレと銘打たれたヒーローは、おそらく初めてではないでしょうか。私はすっごく楽しかったです（にんまり）。

しかし書いていて感じたのは、ヤンデレと変態は紙一重だということ（笑）。これは気持ち悪いと思われないかな……ここまでいったらサイコパスだよな……などと、さじ加減が難しい作品でもありました。

秋華が異動するところから桐人さんの手が回っていたわけで、彼女の運命は彼によって作られているようなものです。これがリアルだったら、まあ……あえて言いませんけれども（笑）フィクションならではのハッピーな重すぎる一途愛をお楽しみいただけていたら嬉しいです。

そして、秋華が勤める会社名や、元調理師の社長と聞いてぴんと来た方がいらっしゃったら、桐人さん並みの愛をお届けしたいです！

ちょこちょこ登場する麗&不破さんは『俺様社長はカタブツ秘書を手懐けたい』のメインキャラのふたりなのですよ〜。秋華を調理員にしようと決めた時に、これはなんとかして友情出演させたいと思ったのでした。あのふたりをパパママにすることができて自己満足しております。

ちなみに、和奏が関西弁キャラになったのには深い理由はありません（ないんかい）。彼女と皐月がくっついたかどうかはご想像にお任せしちゃいますね。

最後になりますが、今回も多大なお力添えをいただいた担当様とライター様、編集に携わってくださった皆々様、いつも大変感謝しております。

村上晶先生、ヤンデレみ溢れるとっても美麗なイラストをありがとうございました。こんなイケメンなら執着されたい！と、危ない妄想に拍車がかかります。最高です！

そして最後までお付き合いくださった読者様、本当にありがとうございました。これからも新鮮な作品をお届けできるよう頑張っていきます。

いつも応援してくださる皆様に、激重な愛を込めて。

葉月《はづき》りゅう

葉月りゅう先生への
ファンレターのあて先

〒104-0031
東京都中央区京橋1-3-1
八重洲口大栄ビル7F
スターツ出版株式会社　書籍編集部　気付

葉月りゅう先生

本書へのご意見をお聞かせください

お買い上げいただき、ありがとうございます。
今後の編集の参考にさせていただきますので、
アンケートにお答えいただければ幸いです。

下記URLまたは二次元コードから
アンケートページへお入りください。
https://www.ozmall.co.jp/enquete/IndexTalkappi.aspx?id=2301

冷酷社長な旦那様が「君のためなら死ねる」と言い出しました
～ヤンデレ御曹司の激重愛～

2025年2月10日　初版第1刷発行

著　　者　葉月りゅう

発 行 人　菊地修一
デザイン　カバー　フジイケイコ
フォーマット　hive & co.,ltd.
校　　正　株式会社文字工房燦光
発 行 所　スターツ出版株式会社
〒104-0031
東京都中央区京橋1-3-1　八重洲口大栄ビル7F
TEL　03-6202-0386（出版マーケティンググループ）
TEL　050-5538-5679（書店様向けご注文専用ダイヤル）
URL　https://starts-pub.jp/
印 刷 所　大日本印刷株式会社

Printed in Japan

ISBN 978-4-8137-1699-0　C0193

ベリーズ文庫 2025年2月発売

『一匹狼なパイロットの溺愛に生真面目CAは気づかない～偽装結婚で天才機長は加速する恋情を放つ～』 若菜《わかな》モモ・著

大手航空会社に勤める生真面目ＣＡ・七海にとって天才パイロット・透真は印象最悪の存在。しかしなぜか彼は甘く強引に距離を縮めてくる！　ひょんなことから一日だけ恋人役を演じるはずが、なぜか偽装結婚する羽目に!?　どんなに熱い溺愛で透真に迫られても、ド真面目な七海は偽装のためだと疑わず…!?

ISBN 978-4-8137-1697-6／定価825円（本体750円＋税10%）

『ハイスペ年下救命医は強がりママを一途に追いかけ手放さない』 砂川雨路《すながわあめみち》・著

OLの月子は、大学の後輩で救命医の和馬と再会する。過去に惹かれ合っていた2人は急接近！　しかし、和馬の父が交際を反対し、彼の仕事にも影響が出るとを知った月子は別れを告げる。その後妊娠が発覚し、ひとりで産み育てていたところに和馬が現れて…。娘ごと包み愛される極上シークレットベビー！

ISBN 978-4-8137-1698-3／定価814円（本体740円＋税10%）

『冷酷社長な旦那様が「君のためなら死ねる」と言い出しました～ヤンデレ御曹司の激重愛～』 葉月《はづき》りゅう・著

調理師の秋華は平凡女子だけど、実は大企業の御曹司の桐人が旦那様。彼にたっぷり愛される幸せな結婚生活を送っていたけれど、ある日彼が内に秘めていた"秘密"を知ってしまい――！　「死ぬまで君を愛することが俺にとっての幸せ」溺愛が急加速する桐人は、ヤンデレ気質あり!?　甘い執着愛に囲われて…！

ISBN 978-4-8137-1699-0／定価825円（本体750円＋税10%）

『鉄仮面の自衛官ドクターは男嫌いの契約妻にだけ激甘になる【自衛官シリーズ】』 晴《はる》日《ひ》青《あお》・著

元看護師の律。4年前男性に襲われかけ男性が苦手になり辞職。だが、その時助けてくれた冷徹医師・悠生と偶然再会する。彼には安心できる律に、悠生が苦手克服の手伝いを申し出る。代わりに、望まない見合いを避けたい悠生と結婚することに!?　愛なきはずが、悠生は律を甘く包みこむ。予期せぬ溺愛に律も堪らず…！

ISBN 978-4-8137-1700-3／定価814円（本体740円＋税10%）

『冷血硬派な公安警察の庇護欲が激愛に変わるとき～燃え上がる熱情に抗えない～』 藍里《あいさと》まめ・著

何事も猪突猛進！な頑張り屋の葵は、学生の頃に父の仕事の関係で知り合った十歳年上の警視正・大和を慕い恋していた。ある日、某事件の捜査のため大和が葵の家で暮らすことに!?　"妹"としてしか見られていないはずが、クールな大和の瞳に熱が灯って…！　「一人の男として愛してる」予想外の溺愛に息もつけず…！

ISBN 978-4-8137-1701-0／定価836円（本体760円＋税10%）

ベリーズ文庫 2025年2月発売

『極上スパダリと溺愛婚～女嫌いCEO・敏腕外科医・カリスマ社長編～【ベリーズ文庫溺愛アンソロジー】』

人気作家がお届けする〈極甘な結婚〉をテーマにした溺愛アンソロジー第2弾！　「滝井みらん×初恋の御曹司との政略結婚」、「きたみ まゆ×婚約破棄から始まる敏腕社長の一途愛」、「木登×エリートドクターとの契約婚」の3作を収録。スパダリに身も心も蕩けるほどに愛される、極上の溺愛ストーリー！

ISBN 978-4-8137-1702-7／定価814円（本体740円＋税10%）

『追放された恥さらし王女が闇落ち中の悪魔騎士（実は最強王太子）をうっかり救ったら～奇跡の加護持ちだったうえ、妃として溺愛されてます～』朧月《おぼろづき》あき・著

精霊なしで生まれたティアのあだ名は"恥さらし王女"。ある日妹に嵌められ罪人として国を追われることに！　助けてくれたのは"悪魔騎士"と呼ばれ恐れられるドラーク。黒魔術にかけられた彼をうっかり救ったティアを待っていたのは――実は魔法大国の王太子だった彼の婚約者として溺愛される毎日で!?

ISBN 978-4-8137-1703-4／定価814円（本体740円＋税10%）

ベリーズ文庫with 2025年2月発売

『おひとり様が、おとなり様に恋をして。』佐倉伊織《さくらいおり》・著

おひとりさま暮らしを満喫する28歳の万里子。ふらりと出かけたコンビニの帰りに鍵を落とし困っていたところを隣人の沖に助けられる。話をするうち、彼は祖母を救ってくれた恩人であることが判明。偶然の再会に驚くふたり。その日を境に、長年恋から遠ざかっていた万里子の日常は淡く色づき始めて…!?

ISBN 978-4-8137-1704-1／定価825円（本体750円＋税10%）

『恋より仕事と決めたけど』宝月《ほうづき》なごみ・著

会社員の志都は、恋は諦め自分の人生を謳歌しようと仕事に邁進する毎日。しかし志都が最も苦手な人たらしの爽やかイケメン・昴矢とご近所に。その上、職場でも急接近!?　強がりな志都だけど、甘やかし上手な昴矢にタジタジ。恋まであと一歩!?と思いきや、不意打ちのキス直後、なぜか「ごめん」と言われてしまい…。

ISBN 978-4-8137-1705-8／定価814円（本体740円＋税10%）

ベリーズ文庫 2025年3月発売予定

Now Printing

『たとえすべてを忘れても』 滝井《たきい》みらん・著

令嬢である葵は同窓会で4年ぶりに大企業の御曹司・京介と再会。ライバルのような関係で素直になれずにいたけれど、実は長年片思いしていた。やはり自分ではダメだと諦め、葵は家業のため見合いに臨む。すると、「彼女は俺のだ」と京介が現れ!?　強引にニセの婚約者にさせられると、溺愛の日々が始まり!?

ISBN 978-4-8137-1711-9／予価814円（本体740円＋税10%）

Now Printing

『タイトル未定(航空自衛官×シークレットベビー)【自衛官シリーズ】』 惣領《そうりょう》莉《り》沙《さ》・著

美月はある日、学生時代の元カレで航空自衛官の碧人と再会し一夜を共にする。その後美月は海外で働く予定が、直前で彼との子の妊娠が発覚！　彼に迷惑をかけまいと地方でひとり産み育てていた。しかし、美月の職場に碧人が訪れ、息子の存在まで知られてしまう。碧人は溺愛でふたりを包み込んでいき…！

ISBN978-4-8137-1712-6／予価814円（本体740円＋税10%）

Now Printing

『両片思いの夫婦は、今日も今日とてお互いが愛おしすぎる』 高田《たかだ》ちさき・著

お人好しなカフェ店員の美与は、旅先で敏腕脳外科医・築に出会う。不愛想だけど頼りになる彼に惹かれていたが、ある日愛なき契約結婚を打診され…。失恋はショックだけどそばにいられるなら――と妻になった美与。片想いの新婚生活が始まるはずが、実は築は求婚した時から滾る溺愛を内に秘めていて…!?

ISBN 978-4-8137-1713-3／予価814円（本体740円＋税10%）

Now Printing

『タイトル未定(外交官×三つ子ベビー)』 吉澤《よしざわ》紗《さ》矢《や》・著

イギリスで園芸を学ぶ麻衣子は、友人のパーティーで外交官・裕斗と出会う。大人な彼と甘く熱い交際に発展。幸せ絶頂にいたが、ある政治家とのトラブルに巻き込まれ、やむなく裕斗の前から去ることに…。数年後、三つ子を育てていたら裕斗の姿が！　「必ず取り戻すと決めていた」一途な情熱愛に捕まって…！

ISBN 978-4-8137-1714-0／予価814円（本体740円＋税10%）

Now Printing

『冷徹な御曹司に助けてもらう代わりに契約結婚』 美甘《みあま》うさぎ・著

父の借金返済のため1日中働き詰めな美鈴。ある日、取り立て屋に絡まれたところを助けてくれたのは峯島財閥の御曹司・斗真だった。美鈴の事情を知った彼は突然、借金の肩代わりと引き換えに"3つの条件アリ"な結婚提案してきて!?　ただの契約関係のはずが、斗真の視線は次第に甘い熱を帯びていき…！

ISBN 978-4-8137-1715-7／予価814円（本体740円＋税10%）

タイトル、価格等は変更になることがございますのでご了承ください。

ベリーズ文庫 2025年3月発売予定

Now Printing

『花咲くように微笑んで(救命医×三角関係)』葉月《はづき》まい・著

司書の菜乃花。ある日、先輩の結婚式に出席するが、同じ卓にいた冷徹救命医・颯真と引き出物袋を取り違えて帰宅してしまう。後日落ち合い、以来交流を深めてゆく二人。しかし、颯真の同僚である小児科医・三浦も菜乃花に接近してきて…！「もう待てない」クールなはずの颯真の瞳には熱が灯って…！

ISBN 978-4-8137-1716-4／予価814円（本体740円＋税10%）

ベリーズ文庫with 2025年3月発売予定

Now Printing

『アフターレイン』西《にし》ナナヲ・著

会社員の栞は突然人事部の極秘プロジェクトに異動が決まる。それは「人斬り」と呼ばれる、社員へ次々とクビ宣告する仕事で…。心身共に疲弊する中、社内で出会ったのは物静かな年下男子・春。ある事に困っていた彼と、栞は一緒に暮らし始める。春の存在は栞の癒しとなり、次第に大切な存在になっていき…。

ISBN 978-4-8137-1717-1／予価814円（本体740円＋税10%）

Now Printing

『この恋、温めなおしますか？～鉄仮面ドクターの愛は不器用で重い～』一《いち》ノ《の》瀬《せ》千《ち》景《かげ》・著

アラサーの環は過去の失恋のせいで恋愛に踏み出せない超こじらせ女子。そんなトラウマを植え付けた元凶・高史郎と10年ぶりにまさかの再会!?　医者として働く彼は昔と変わらず偏屈な朴念仁。二度と会いたくないほどだったのに、彼のさりげない優しさや不意打ちの甘い態度に調子が狂わされてばかりで…！

ISBN 978-4-8137-1718-8／予価814円（本体740円＋税10%）

タイトル、価格等は変更になることがございますのでご了承ください。